검은 머리 짐승 사전

민음의 시 ● 309

# 검은 머리 짐승 사전

신이인 시집

민음사

자서(自序)


내가 조금 더 현명했더라면 나는
읽지도 쓰지도 않는 사람이 되었을 것이다
쓰다듬고 먹이고 산책하는 사람이 되어
당신 곁에 있었겠지?

슬프게도 그런 미래는 오지 않았고
나는 부적처럼 이것을 썼다
이 책은 당신의 안녕을 빌어 줄 것이다
감히 우리가 사랑했던 많은 책들 사이에서


2023년 2월
신이인

**차 례**

## 3부 검은 머리 짐승

4부 가죽

1부

최고의 반려동물

# 머리말

여기에는 입에 담을 수 없는 욕과 나에 대한 거짓말 그리고 유려하게 쓰인 아름다운 이야기가 있다. 읽는 것만으로 심장이 뛸 정도로. 나는 이 모든 것을 고급 종이에 적어 번화가의 상점에 내놓길 원했다. 아니, 아니야. 심경을 담은 자필 메모라는 부제로 뉴스에 언급되길 원했다. 실은 정말 아무것도 아닌 듯이 소개해 주고 싶었다. 이것을 읽어도 괜찮은 사람에게.

오늘 난 소중히 끌어안고 있던 상자를 열어 안에 든 것을 아무 데나 막 뿌린다. 설탕인지 소금인지 아편인지 청산가리인지 누구 뼛가루였는지 이젠 의미가 없다.

# 마음가짐

OUT OF SERVICE

이 이야기는 실화를 재구성한 것이 아니고 인물, 단체, 지명 등은 모두 허구로 창작되었으며 실제와 유사점이 있다 하여도 이는 우연 및 독자의 망상에 의한 것임을 밝힙니다.

# 작명소가 없는 마을의 밤에

오리너구리를 아십니까?
오리너구리, 한 번도 본 적 없는

고아에게 아무렇게나 이름을 짓듯
강의 동쪽을 강동이라 부르고 누에 치던 방을 잠실이
라 부르는 것처럼

나를 위하여 내가 하는 일은
밖과 안을 기우는 것, 몸을 실낱으로 풀어, 헤어지려는
세계를 엮어,
붙들고 있는 것

그러면 사람들은 나를 안팎이라고 부르고
어떻게 이름이 안팎일 수 있냐며 웃었는데요

손아귀에 쥔 것 그대로
보이는 대로

요괴는 그런 식으로 탄생하는 겁니다

부리가 있는데 날개가 없대
알을 낳지만 젖을 먹인대
반만 여자고 반은 남자래

강물 속에서도 밖에서도 쫓겨난 누군가
서울의 모든 불이 꺼질 때를 기다리는 중입니다
알고 계셨나요?
기슭에 떠내려오는 나방 유충을 주워 먹는 게 꽤 맛있
다는 거

잊을 수 없다
모두가 내 무릎에 올려 두었던 수많은 오리너구리
오리가 아니고 너구리도 아니나
진짜도 될 수 없었던 봉제 인형들
안에도 밖에도 속하지 못한
실오라기
끊어 낼 수 없는
주렁주렁
전구 없는 필라멘트들

불을 켜세요

외쳐 보는 겁니다

아, 이상해.

# 배교자의 시

동식물도감을 하나하나 넘겨 보던 어린 내가 울음을 터 트립니다
나방 때문이지요

황토색 날개 위에 눈알이 가득했습니다
나방은 눈들을 펼쳐 내려놓고 페이지에 가득 앉아 있 었습니다
봐
이것이 나의 무기다

어른인 내가 달려와 도감을 빼앗습니다
이런 거 보는 거 아니야
나방이 있는 페이지를 모아 호치키스로 집어버립니다
이제는 간단하게 나방을 가둘 줄 압니다

방학을 맞아 캠프에 참여해야 했습니다
산속에는 갇히지 않고
갇힐 리 없는 나방이 무수합니다
수련원의 공동 샤워실로 가는 복도에

나방 나방
나방
나방이 붙어 있습니다

나방은 자유로운데
왜 날지 않을까 의아합니다
날아 달라는 말은 절대 아닙니다만
나방
나라면 그런 자유를
나방
앉고 싶은 곳에 아무렇게나 날개를 벌리고 앉는 일에
쓰지는 나방
앉아만 있지는
악
한 아이가 비명을 질렀습니다
날았어 날았어 나방이
아닐걸
어른인 내가 픽 웃네요

멈추지 않는 눈알이 고요한 밤
그러니까 쟤네들은 안다는 거지

기도할 때 누가 눈을 뜨는지
이 산에서 바지를 내리고 볼일을 본 게 누구인지
나방은 알고
앎을 포기하지 않는다
그게 나방의 품위라니까
자유로운

성경책이 날아오릅니다
페이지를 펼쳐 흔들며
중간에 호치키스로 찍힌 자국도 있습니다
누가 여호와의 날개에 못을 박았나
누가 주님을 외면하였나
눈알에서 땀과 물이 뚝뚝 떨어집니다
수련원이 젖어 갑니다
누가누가 많이 우느냐는 누가 성경을 잘 아느냐와 관계
없습니다

글자를 모르는 어린애가 제일 목 놓아 울 수 있었고

나는 의미도 없이 물에 떠내려갑니다
따뜻하네
좋다
이것이 나의 무기일까

그러다가 한두 번은 주워졌던 것 같기도 한데
바늘에 꽂혀 어디 표본으로 박제되어 있을 텐데
그게 어디서였더라
송파초등학교 운동장
일신여자중학교의 교무실
자성학원 이은재어학원 장학학원 오름국어학원
나는 괜찮은 교재였습니다
어른들이 나눠 주고 아이들이 낙서했습니다

집에 돌아오니 내 방의 천장 가까운 곳에 나방이 있습
니다
보입니다

거기에도 있습니다

얌전합니다

나는 한 번도 등에 진 고난을 책처럼 활짝 펼쳐 보인
일이 없습니다만

비밀은 오로지 비밀끼리만
사이좋게 한 짝씩 나눠 가진 눈을 마주합니다

추하기 짝이 없는 무늬를
접어 놓고
데칼코마니라며 좋아합니다

기도하는 손을 따라 날개를 모으고 고백합니다
나방

이건 비밀인데 가끔 나는
납니다

본 사람들이 비명을 지릅니다

# 구미

사랑하는 굴뚝들이 서로를 만지려고
팔을 만드는 거야 저 연기로
검은 하늘을 그렇게 해명한다
두터운 하늘

하늘보다 더 검은 새만 뚜렷이 보이는 동네에 놀러 왔
다 감히 놀려고 왔다

나에게도 줄 만한 것이 있으면 좋겠다
무엇을 만들 줄 모르고 아무것도 기르지 않으나
흙에 누워 흙이 된다면
소용없는 너를 안아 줄 수도 있는데
무능은 나쁘다는 말의 곁에 있지
비명이 시끄럽고 대화가 소거되는 오늘
왼발이 밭이랑을 밟고 오른발이 넘어지는
오늘 내가 오이를 씹고 네가 토하는

내 고향 집엔
오이밭이 있었다 나는 그것이 부끄러워서 누구에게도

말하지 말자고 했지만
　웬, 오이야?
　오이를 먹는다는 사람은 네가 처음이야
　다른 것으로 만들어 보려고 구웠다 굽다가 태워서 아
무도 먹지 않았다


　부끄럽다는 말은 발자국의 품종이니까
　날개로 비웃으며
　까마귀는 옅어진다
　저 새는 육식이니
　내게 볼일이 없다


　연기보다 연한 애인을 안으면
　개가 개집에 들어가듯이
　불행의 냄새에 턱을 올리면
　밀려들었다
　안도하는 마음이
　밀려들었다

우리는 정말로 소용없었고
시골에선 쓰레기를 분리수거하지 말고 태우라고 했다
함께 있는 동안
밭에 가끔 불을 질렀다
내년이 더 잘되라고 그랬다
가끔 날개 없는 새들이 가장 검어져서 발견되었다
맛있었다

# Grooming

― 상처를 핥을 수 없는 동물

1

고슴도치에 대한 이야기를 하려 했을 때
당신은 나를 말렸다
그건 위험하다고 아직 더 기다려야 한다고

기다리면 사라질 것 같았다
오래전 손안에 엎드려 있던 작은 고슴도치
처음 가졌지만
쓰다듬을 수 있었다
그 일을 잊기 전에 써 두어야 한다고 생각했다

'쓰다듬는 일에는 방향이 중요하다'
일기장에는 그렇게 적혀 있다
일기장에는 오래된 날짜가 적혀 있고

많이 손을 댄 듯한
그러나 전부 나의 손이었을 자국들이 아무 방향으로나
나 있다

가시들은 나무 필통 속으로 가 속눈썹처럼 눕는다
가지런하게
뾰족하지 않다는 듯이
그래서 아무런 쓸모도 없고 그래서 예쁘다는 듯이


2


20××년


일기를 쓰지 않는 날
나는 깨끗한 손을 하고 박물관에 가는 상상을 한다
플라스틱 사육장에 든 고슴도치를 바라보다가
벽면을 두드리다가 안내원에게 주의를 들었으리라
기념품 가게로 가서
고슴도치를 안 본 사람들에게 줄 나무 연필을 살 수도
있다


그래도 그들 중에는 고슴도치를 만져 본 사람이 있다

어쩌면 고슴도치를 키우는 사람이 있다

우리는 얼굴을 나란히 하며 웃고
몇 번이고 매끄럽다
찌르지 않았거나
찔리지 않은 모습으로

태어날 때부터 방향을 알았던 사람처럼
부드러운 손을 비비며 악수할 수도 있다

으레 고슴도치들이 그러하듯이


3

그랬다면 어땠을까? 생각하는

××20년

나는 비교적 깨끗한 손을 하고 박물관에 간다
가려진 사육장이 줄지어 서 있다
가지런하다
무엇을 기대하며 이곳을 방문해야 할까?
사육장이 거대하니 나는 거대한 생각을 한다

사람을 먹는 큰곰이나
끝을 볼 수 없는 나무의 꼭대기에 사는 아프리카 앵무새
복원해 둔 백악기의 초식 공룡

생각은 고슴도치를 가볍게 뛰어넘는다
이제 고슴도치는 생각을 조금도 아프게 할 수 없다

그러나 고슴도치를 좋아했으니

이야기는 계속되어야 한다
두렵지만 사육장의 문을 연다
가방 속
필통에는 더 이상 예쁘지 않은 몽당연필들이 기다리고

있다


4


나는 오래된 연필을 돌려주어야 한다
처음 고슴도치를 가르쳐 준
나를 박물관으로 이끌어 온 사람에게


고슴도치는 내가 극복할 수 있는 아주 작은 상처를 주
었다
귀를 뚫거나
문신을 한 사람처럼
나는 웃으며 고슴도치를 말할 수 있다


'그는 귀엽고 부드러운, 최고의 반려동물이었습니다'


태초부터 지금까지 무성한 동물들 사이에 서서
나는 웃으며

멸종했는지도 모를 고슴도치를 위하여 연필을 깎는다

나 이외에 아무도 읽지 않을

긴 일기를 쓴다

# Beautiful Stranger

돈 많은 영감탱이에게 편지를 쓴다
사탕 내놔
너네 가게 돈도 많으면서
줬다 뺏는 게 어디 있냐 한번 줬으면

구기고 다시 쓴다
　안녕하세요 사장님 두루 평안하신지요? 덕분에 저는 오늘도 눈과 입이 즐거운 하루를 보내고 있습니다 사장님의 제과점은 우리 마을의 명물이지요 이렇게 편지를 보내게 된 것은 다름 아니라 단종된 품목에 관해 여쭙고 싶어서입니다
　예 그것이지요 잘 아실 겁니다 환각 버섯이 들어가고 껍질을 깔 때마다 색이 바뀌는 사탕이요 촌스럽지 않게 슬퍼했고 기쁘면 톡톡 튀었습니다 이해받지 못할 얘기를 좋아했고요 뒷맛은 천진하고 또 술 비슷했어요 여름에 잘 어울리고 축제에 잘 어울렸던 아니 사탕이 있는 곳이 곧 축제였던
　그것은 제 첫 사탕이었습니다 사탕이 이렇다는 것을 처음 알아 버린 거예요 (맞아요 저는 환자입니다 저 같은 사람

들이 있다는 거 사장님도 아시겠죠 그러니까 그런 사탕을 만든 거잖아요)

혀가 세 갈래로 갈라지는 병이 있잖아요 어떤 이들은 태어날 때부터 그렇고 또 어떤 이들은 학창 시절에 그렇게 되기도 하고요 어른이 되어서야 혀를 갈라뜨려 보고 놀라는 사람도 있습니다 학계에서는 그걸 병이라고 한다네요 아무튼 한번 환자가 되면 단맛을 느끼기 쉽지 않으니까요

더 정확히는 이런 겁니다 달다는 게 달지 않고, 때론 떫고, 그런데 이상하게, 먹지 말라는 게 달아지기 시작하는 거예요

개미를 주워 먹다가 아빠한테 들켜 머리를 맞았습니다 목조 건물의 벽을 핥다가 경비인을 기절시켰습니다 방문을 잠그고 주머니에서 쥐 발톱을 꺼내 허겁지겁 삼키는데 누가 보고 있을까 간담이 서늘해졌다가 서글퍼졌습니다 아무도 없을 때 거울을 보고 입을 벌리면 괴물이 된 기분이었습니다

환자라면 누구나 이런 기억을 갖고 있지요 그래서 대개는 군것질거리에 관심 없습니다 그런데 그런데 당신은 만들었던 겁니다 유리 조각을 벽과 벽지 사이의 곰팡이를

책장에서 기어나오는 반투명한 벌레를 싱크대 뒷면에서 잊혀진 채로 있던 파리 알들을 먹으면 죽는다고 소문났지만 사실은 안 죽는 울긋불긋 버섯들을 넣어서

아름다운 사탕을 만들었습니다 화려했어요 이상했어요 내가 몰래 먹던 것들이 과자 가게에 나왔다는 게 예쁘다는 게 인기가 있다는 게 문전성시를 이루는 제과점에 슬쩍 줄을 서서 나도 과자를 즐기는 사람인 척해 보았습니다 일부러 다른 초콜릿이나 쿠키를 집었다가 놓기도 하면서 그 많은 사람들 사이에 티 나지 않게 끼어들면서

사탕을 샀습니다 달았습니다 아무도 제 병을 모를 것 같았어요 희한하게도 그건 평범한 사탕처럼 보였거든요 조금 개성적인 그렇지만 그래도 사탕인

돌려주세요 제발

그렇지만 이제는 너무 늦었지요 저도 알아요 그렇지만 돌려 달라고 떼라도 쓰고 싶은 걸 어떡하나요 영감탱이야 나는 매일 기도했어 당신이 행복하기를 그러나 당신은 늘 행복하였고 그 사실은 우리의 행복과 아무런 상관이 없었다 그리하여 나는 이 불행이 구구절절 길어져 당신의 불

행에 닿기를 바라기 시작했던 거야 재수없게 진짜 싫다
이게 네 업보다 사람들에게 멋대로 마약을 팔아 버린 죄
입맛을 버려 놓고 다시 돌아갈 수 없게 해 버렸지 우리는
계속 웃으면서 울고 있어 인생을 제 인생을 돌려주세요

# 나의 전부였던 나무

오늘 아침 눈을 떴을 때 가슴뼈 안에서 덜컥거리는 소리가 났다
만져 보면 내 것이라고는 믿을 수 없을 만큼 흉통이 넓어져 있다

의자를 삼키셨네요
의사가 건조하게 엑스레이 화면을 짚으면서 말한다
그런 적 없다고 해도 거짓말이라고 생각하는 것 같고
거짓말이든 아니든 관심도 없다는 투여서

의자를 잃어버렸긴 했어요
다소 인정했다

내 옆에 바짝 붙어 다니던 나무 의자예요
앉았다 간 사람들이 좀 있고 맘에 든다고 했던 사람들도 있어 가지고
강도당한 줄 알았거든요 유력한 용의자도 있는데

꿈을 꾸면 취조실 안의 의자

나는 경관이다

두 손을 얌전히 모은 용의자가 들어온다

거기 앉아

너 이 자식 오래 앉아 있었다고 이 의자가 네 건 줄 알아?

앉아

앉으라니까

아무리 문책해도 용의자는 서 있다

더 이상 앉아 굴러 총 쏘는 시늉에 반응하는 복슬강아

지가 될 수 없다


죄송하지만

이건 취조실에 들어가긴 좀

긴데요

의사가 곤란해하며 엑스레이를 확대해 주었다


예배당 안의 의자

확대되어 늘어난 긴 의자

여덟아홉 명이 나란히 앉아 박수 치고 노래하는 의자

나는 걸인의 형상으로 고함을 지른다

누구 맘대로 앉는 거야

사람들이 깜짝 놀라서 일어선다

일어나서 찬양하십시오, 사랑하는 자들이 서로 사랑하라 사랑은 하나님께 속한 것이니……

몇몇은 코를 쥐고 옆걸음으로 사라진다

너희는 서로 사랑하라 주 우리 사랑하심같이 우리가 서로서로 사랑하면……


나는 나의 의자를 되찾아 그 위에서 눕고 춤추고 뛰고 한다

덜컥거리든 말든

자고


꿈을 꾸었다

연한 갈색, 딱딱함, 은은한 광택, 희미하고 불규칙한 무늬, 단호한 단정, 차가움, 모르는 사람의 엉덩이 온도, 나사 구멍

이건 의자다

그렇지만 내가 꾹 참고 참아서 정도도 모르고 커진
방주다

방주 바닥에 뺨을 대고 누워 있었다
세계의 모든 발이 방주를 밟으면서 들어오는 것만 같다
한 쌍씩 하나 되어 들어오는
인간이 본디 네발짐승이었나
방주가 무거워지는 것을 느낀다 저 많은 사람들
이제 와서 나가라고 할 수도 없고
어쩌지
그런데

판자에 판자가 더해지고 행에 행이 연에 연이
없어진 것과 가진 것과 바라는 것 위를
굴러다니는 내가
제일 무거워!
혼자인네노!

데굴데굴

맨 아래로 굴러떨어졌다 지하엔
무임 승선한 유령이 얼굴을 가리고 낙서를
멈추지도 못하고
괜찮아요? 누구 없어요? 괜찮아요?
무서워

천장을 봐 줘, 천장을 봐 줘, 천장을 봐 줘
그가 남긴 다잉 메시지
가까이 와

가까이

가까이

천장이
가깝게
다가와

무너지고 있었다

내 머리 위에서 똑바로
소리지르지 않았다
무수한 나무를 꽂고 살아가는 일이 아쉽지 않으니까
웃는다

그땐 아팠는데

지금은 다 나았으니까 가까이
더 가까이 갈 수 있다
나는 나의 갈비뼈 사이로 얼굴을 들이민다
나무가 자라고 있네
분명 죽어서 토막 났는데
하나하나 꽂힌 조각들이 계속 나무이고 있었네

새로운 나무 밑의
벤치 위의 연인들
둘둘씩 손을 잡고 네발이 되었구나
수갑
서로가 서로의 강도일 미래를 예견하였니?

오늘 아침 눈을 떴을 때 알았다

난

투박하고 귀여운 나무 위에 내 자리를 마련했었어

해먹을 치고 지붕을 만들고 그 안에서

그걸 평생 자랑스러워할 수도 있었어

그러나 불현듯 도끼로 찍어버리고

매끈하게 자르고 다듬고 망치로 치고

팔아넘겨 뱃삯을 치르고

이 바다 한가운데에

와 있다

입석으로

재앙이 끝날 때까지 혼자

그러나 잊지 않아

갈비뼈 안에서 눈뜨고 있는 유령

끝도 없이 내려가던 나무뿌리의 자리

금이 간 게 아니야

그대로 살아 있는 거다

누가 앉고 싶어 하나

내가 본다

# 불시착

운석이 떨어지고

거실 바닥이 패였다
원한 적 없는 모양으로

별이네
선물이야
집 바깥에 선 외계인들이 웅성거렸다

옮길 수 없는 돌이었다
가만히 보고 있으면 두려워진다
손바닥을 댔다가도 몇 발짝 떨어져서 의심해 보았다
별이라고

소원을 빌었던 적을 셀 수 없었다
누구에게로 어디로 갔는지도 알 수 없는

길 잃은 기도들은 별을 희망했는데
이젠 뭐

우주의 미아로


잘 살아갈 테지
여기면서 내심 묘지를 만들었다
바라는 것을 묻고 십자가를 세우고 그 위에 밥을 눌러
삼켰다
노력했다
빛이 없더라도 괜찮지
크리스마스가 되면 가짜 별 같은 것을 사서 달 수도 있고
신께서 보시기에 좋을 수도 있지
밥알을 씹고 또 씹었다


설거지를 하면 큰 소리가 난다
때로 초인종 누르는 소리가 더 컸다
택배입니다
아무도 안 계세요
무시하고 더 세차게 그릇을 씻었다


등기요

방송국에서 왔는데요
물 한 잔 마실 수 있을까요
관리실인데요

모두 이 집구석을 구경하러 온 게 맞다

성탄절이다
가장 낮은 곳에 도착한 선물이 깜짝 놀란다
세상에
아무것도 안 했는데 벌써 내 몸이 부서져 있어요

구멍난 지붕으로 보는 야경이 원래 이렇게 예쁜 거였나요
악의라고는 한 톨도 없이

나도 멀리서 보면 별 비슷할까요
그럼 뭐해요
평생 난 나를 멀리서 볼 수 없을 거 아닌가요

멀리서 온 소원 하나가 초인종을 누르고 눈치를 봤다

너무 춥습니다 배고픕니다 밥을 주세요

회색 먼지 뭉치를 굳힌 것 같은 운석이 거실에 드러누
웠다
울었다
원한 적 없었다고 했다

# 훗날 그들이 웃으며 내게 손을 내밀었다

부산하고 수다스럽던 작은 갈까마귀가
은밀하게
단추를 간직하던 일이 떠나지 않았다
오랫동안

반짝이고
표면이 매끈
다듬어져 있고
어떻게 보면 아무것도 아닌 일
구멍이 두 개

그것을 자랑스러운 듯 가슴 앞섶에 꿸 수 있으나, 진실로 귀중하다고 생각했기에 날갯죽지 밑에 감추고 다녔던 것이다
그래 그랬던 것이다

지연스레 난추의 몸에 난 구멍은 효용을 잃는다
단추는 그 쓸데없는 구멍을 결함으로 여겨 부끄러워한다

> **1**

아버지는 새 사냥의 대가였다


대가란
드러나지 않아도 드러나게 되어 있었지
언제나 눈을 반달 모양으로 휘어 보이며 웃었고
목소리가 작았음에도
새들은 본능적으로 알았다
사실을


유독 눈치 없고 친구 없는 새들이 우리집 식탁에 올라
모락모락 김을 내며
가서는 안 될 방향을 에둘러 표시하듯이
김 너머의 아버지와 어우러지며


나는 희미하고 따스한 훈육을 받았으나
시간이 흘러 눈치 빠른 사람으로 성장하였다

명치 위
실체 없는 물이 번지는 감각
느꼈을 때
이걸 어디 가서 말해서는 안 된다는 것을 알았다

본능적으로


2

겨드랑이가 축축해진 채 돌아다녔다
마당을
교정을
로커 룸을
줄곧

달리기를 마치고 온 친구들이 체육복을 벗고
원래 입고 온 옷으로 갈아입고 문을 탕 닫고 사라질 때
까지

&gt; 나는 구석에 남아 있었다

밤이 되었다는 확신이 들 때까지
창문을 피해
오래오래

실내가 완전히 깜깜해지면 나가서 조금 달리다 그만두
었다

겨드랑이부터 팔꿈치까지가 열기구 천처럼 팽팽해지며
일어서려는 것을 느끼며
울렁였다

어지러웠다


3

시간이 흘러 나는 시야 곳곳에서 검은 얼룩을 발견하

게 된다

　물감을 처음 푼 순간과 같이
　번지며 엉키며
　나타나다가 이내 사라지던

　혹여나 작고 단순한 내가
　아버지, 저쪽에 갈까마귀가 보여요
　말했더라면

　나는 열네 살 생일 선물로 받은 긴 총을 빼앗기고 병원
을 다녀야 했을 것이다

　그러나 사랑받기 위해서 엄살을 불사하는 응석쟁이 취
급을 받는 것도
　나쁘지는 않았겠지

　나의 강인함을 믿는 이들에게

적어도 이 얼룩이 시야를 덮어 버리기 전에 말이다


4


새들은 농담을 했다
**우리는 네가 죽기를 기다리잖아**


난 웃으면서
왜?
물어본다


왜라니 우리는 배고프잖아 죽은 것 하나 생기면 몇 날
며칠을 뜯어먹을 수 있는데, 그게 너이기까지 하면, 너는
친구니까 더 좋잖아 너는 이제 날 수 있을 거고 우리는
파삭파삭하게 마른 지푸라기밭을 교정을 이제는 없어진
로커 룸 위를 같이 날 수 있는 거잖아
하지만 왠지, 아주 기쁘고 짧을 것 같아 너는 더 멀리
높게 갈 거야 수년 전 우리가 말아 피웠던 잎담배의 연기

끝을 따라잡아 그 정체가 뭐였는지를 확인할 수도 있을
거야 충분히 앞질러갈 거야 그래도 돌아오지 말고
　잊지 마 우리 같은 새대가리가 너와 함께였던 너를 축
복했던 진심으로 사랑했던 것을 말이야

　부산하고 수다스러웠던 네가
　처음으로
　내 어깨에 머리를 갖다 대었다
　마지막이었다


　X


　스스로 눈치가 빠르다고 말하는 사람들은 꼭
　눈치를 봐야 할 때 안 보고
　안 봐도 될 때 눈치를 본다

　정말로 눈치 빠른 사람들은 입을 닫고 웃으며, 영원히
그것에 대해 말하지 않는다

아버지의 사람 좋은 미소를 띠고
하루에 한 번
장롱 속에서 총을 꺼내 닦고 다시 넣어 둘 뿐

나는 셔츠에 난 첫 구멍에 조심스럽게
가장 귀한 단추를 끼우기로 결정하였고
내 사랑스러운 단추는 이로써
쓸모를 획득하였다

표적

이것을 누가 먼저 쏘아 맞히는가
언제나
그것을 염두에 두면서 악수를 하고 있다

# 먹는 재미

넘어지는 게 무섭진 않지만……
아무래도 부끄럽지……

집 앞에서도 그랬고
어린 애들 앞에서도
모르는 사람이 많은 데서도

……

쥐기 어려운 마음을 곧잘 떨어뜨렸다

식탁보 아래에서 누구 발에 채였다 해도
소리 나지 않았길
나만 알고 끝나는 실수이길
다음에도 이 만찬에 초대받을 수 있길 바랐다

가볍게 올라가다가 없어지는 말의 분위기
일렁임
산뜻함

나는 휘발성의 온기만을 좋아해
무겁고 큰 냄비에 든 내용은
됐어
안 먹어도 돼

식탁에 앉아 한 손으로 무릎의 딱지를 만지면서
냄비 아래 불꽃을 보았지
괜찮은 경험이라고 생각했는데
아니었네 아니었다 아니었구나

불꽃이 어째서 푸른색인가에 대해 의미를 찾거나 지어
내지 않는다
이제 그런 억지는 위로가 될 수 없으니까
나는 다쳤고
밥은 준비되었으며
푸른색은 특별하지 않다
세 가지 사실에는 인과가 없다

넘어지는 게 무섭진 않지만……

아무래도 부끄럽다니까……

집 앞에서도 그랬고 어린 애들 앞에서도
모르는 사람이 많은 데서도
나는 똑바로 일어서서 웃었어
분위기
좆창내지 않고

엉엉 우는 게 맞았을까
왜 따라 웃지 않고 경악하는 얼굴만
주변에 있는지
나는 나중에야 생각해 보았어

식탁 너머에는
병원 치료를 권하는 사람과 정말로 병원에 갈 만한 상
태인지 무릎을 확인하고 싶어하는 사람과 자빠지고 다닌
다며 비웃는 사람과 다음번엔 꼭 머리가 깨져 죽으라며
기도하는 사람이 있었고

아무래도 상관없는 내가 부엌에 무릎을 세우고 앉아
유머에 대해 고민하는 나날이

있었어

2부

좋은 사람

# 투성이

여기 뭐 묻었어요
모르는 사람이 제 팔을 낚아채고 가리키면서
일러 주었습니다

팔이……
간호사가 주사를 놓으려다가 입을 다물었습니다

멍이야? 타투야?
무슨 뜻이야?
외국인 친구는 팔을 스스럼없이 만지며 물어봅니다
한국인 친구가 당황해서 말을 돌립니다

사려 깊은 당신들이 티 나지 않게
투명 수건을 돌려 가며 가려 주는 행위를 고맙게 생각
합니다

목욕 후 거실을 지날 땐 바다 바퀴벌레처럼 사라져야
합니다
수건 한 장만 앞면에 달고

아빠: 애써 TV로 시선을 고정함

엄마: 안 본다 안 본다 손사래 침


소리 내며 저절로 열리는 서랍 앞에

안 봤어

다정하게 말해 주는 사람들이 주변에 많아 다행인

저는 더욱

혼자서만

고장입니다


수건을 스스로 내릴 즈음엔 술 끊기 일찍 자기 점잖게

말하기 어른스러운 연애 다 가능할지 모르겠다만

저

아직도 저에게 뭐가 붙어 있는지

몰라요

볼 수 없어요

환해질수록 눈치 빠른 그늘들은 뒤로 사사삭

얼룩의 머리채를 잡고 숨어 버리고

팔짱 낄래요?

저는 약간 바보처럼 잇몸 안쪽을 열어 두었어요

상가 건물 공공 화장실 같은 거니까

와서 숨어도 되고

저처럼 웃어도 돼요


깨끗해요


씻겨도 무늬가 어지러운 들고양이를 편애할 수밖에요

이 서랍에 제가 개켜 모아 둔 사랑이

엉망진창 앞에서 팔을 자꾸 벌려요

엉망진창 앞에서 유독 깨끗합니다

선천적으로 이랬습니다

# 펄쩍펄쩍

마음은 주로 개구리였다
기분 나쁘게 축축했고 건조할 때는 곧 쪼그라들어 죽
을 것 같았다

마음이 움직여서
이따위 것도 마음이라는 처참을 깨닫게 할 때가 있었다
긴 다리를 힘껏 뻗으면서
앞으로, 앞으로, 앞으로

마음은 마음대로 나를 떠났고 나는 마음을 잘 욕하기
위해 다른 이름으로 불렀다
징그럽고 뻔뻔한 개구리 자식이라고
내 말을 들은 적이 없다고 가만 안 있고, 가만 있으라
해도 가만 안 있고 속에서 속을 걷어차면서, 자꾸 튀어나
가려고……
그러나 누구도 나의 마음을 같이 욕해 주지는 않았는데
그저 측은하게 손을 잡아 주거나 마음 없이 빈 나로부
터 멀어지려고 했고

비 오는 날에 나는 마음을 찾아나서려고 전단지를 만들어 길바닥에 뿌리거나

뽀송뽀송하고 귀여운 가짜 마음을 털실로 꿰매어 본 적도 있었다


그래도

마음이 어디에 있는지 알려면 알 수 있었다 얼만큼 기가 찬 만행을 저지르고 당하는지도


알아도 난 무능한 주인이니까…… 독립영화관의 자는 건지 딴 생각을 하는지 모르는 사람처럼 있는 수밖에 없었다

그게 싫다면


끝내 마음이, 결코 가서는 안 되는 곳에 가서 죽지도 않고 만신창이로 돌아왔다가 다음날 절뚝거리며 다시 높이 뛰는 연습을 시작했을 때


나는 마음의 배를 갈라 죽이고 싶었다

이렇게 생각하는 내가 나쁜 게 아니다 진짜 나쁜 건

죽은 마음이 곁에서 짓무르고 있더라도
그걸 못 보고
밟기까지 하는 사람이었다
아주 평범한
어떤
내가 머리와 몸을 버려 가며 닿으려 한

# 니트

몰랐어 직물에 이렇게 많은 가로와 세로가 있는지
직물에 코를 박고
직물 냄새를 알게 되고
그 냄새에 익숙해져
냄새가 무엇인지 잊어버릴 만큼 가까이에서야 가로와
세로를 볼 수 있었던 거야


사이좋은 선이구나
규칙적인 선이구나
우리는 평일처럼 주거니 받거니 하고 있어
버스에서 지하철 다시 버스
나만 알지만 대단하지 않은 경로로 집 주소를 찾아가
는 것처럼


맨발로 뛰어다니는 아이들이 있지
그런 아이들이 골목마다 쏟아졌다가 사라지는 나라가
있어
재작년 여름 그곳에서 넘어진 아이의 팔꿈치에 연고를
발라 주었는데

아이를 따라간 회벽 헛간에서
약간의 난 아직도 나오지 못하고 있네
까진 벽 옆에는 또 까진 벽
닭들이 번갈아 울고
횃대는 한 방향으로만 가로지르고
그런 일들이 나쁘진 않았어

폭발
이후
얼굴을 묻고 울 수 있는 물질이 필요했지만
무엇이 남을 수 있었겠어
알몸을 가리는 나뭇잎에도 구멍이 생겼지 않아

남겨진 일들은 바쁘게 뛰어가
출발선에서 만나
엄마와 아빠
젓가락과 물컵
줄넘기의 손잡이가 되어
손을 잡고 각각 다른 방향으로 걸어가면서

길어지는 팔로
팔 없는 모든 일을 안아 주면서

엮이는 거야
우리는 함께 안겼고
서로 안아 주다가
함께 안아 주려 하고

따뜻하고 부드럽고 뿌듯한 결절들

주고받은 손가락
선크림의 입자
꼭 다문 입술 모양
우체국 소인들
먼지
세균
공기로 전염되는 웃음과 울음
소금도 설탕도 아닌 맛

그런 것들로 이루어진 천을
언젠가는
이라고 부를 거야
언젠가는, 은 아주 크니까 이 헛간의 바닥과 벽을 전부
가리고도 남아서
누워 있는 우리를 목 밑까지 덮어 줄 수 있어

동물이든 유령이든 무섭지 않겠지
나는 이불 밑에서 아이의 눈을 보며
약속해

이건 꿈이 아니고
이상하게도
어떤 날 너는 신기한 양탄자를 타게 된 거야
휴일에
버스도 전철도 통하지 않는 전쟁통에서 집으로 돌아가
기 위해

그리고

약간의 너는 이곳에 남아 집을 짜기 시작했어

이글루 모양의 천 이불

여기 보이는 구멍은 사실 약간의 나 때문이지만

언젠가는

구멍 나지 않은 집을 완성해 보일게

원자구름 또는 세계의 절반과

닮은 형태를 한

# 멀미와 소원

화분을 끌어안고 비행기에 탔어 어디론가 실려 갈 때면 심장은 꼭 한 걸음이 늦었지 몸 안의 몸이 주춤하는 기분을 뭐랄까 불안이라고 처음 불러 준 사람이 있었는데

공중 어디쯤에서 잠이 깨졌어 맞지 않는 그릇에 쑤셔 박힌 몸이 꿈틀했거든 깨지기 쉬운 안을 데리고 날아가다 보면 좋아하는 식물을 물어도 대답할 수가 없는 거야 너는 꽃집에서 씨앗을 사 볼까 하다가도 곧잘 그만두었잖아

떨어지면 무조건 깨지는 거라고
화분은 그렇게 알고 있으니까 잘못 없이 넘어진 흙을 알고 있으니까
흙은 깨진 적 없지만 처음부터 터진 모양이었으니 소리 낸 적도 없을 것이지만 오래 갈리고 젖어 고와진 흙 진흙으로 검어진 발가락 아슬아슬하게 쫓아오는 나를 미워하면 목구멍까지 흙이 차오르게 돼 심장이 또 뿌리를 흔들어 입 밖으로, 무엇이 뱉어질 것 같은

식물이 나에게 있는 것이 버거웠고

나에게 없는 식물이 너무 버거워서

알지 못하겠어 이 비행기가 어디로 갈지 가지 않을지 알지 못하겠어 추락할지 도착하기는 하는지 잠을 자면 꿈이 계속되었어 잠 안의 꿈 꿈 안의 나 나는 계속해서 잠을 시도했어 그런 식으로 화분이 흙과 동일해 왔어 그러나 아무도 여기에서 까맣게 젖은 나의 일부에서 무엇이 시작되리라고 여기지 않아 아직도 이 진흙의 이름을 모르고 있어

# 신혼여행

주제에
소년이었지

잘 오래 가까이
있고 싶어서 우리 둘레 배경을 오려 버렸다 겁도 없이
발만 겨우 디딜 종이 조각 위
네 발등 위에 내 발을 올리고

섬으로 여행 온 기분이 어때
소년은 좋다고 했다

여백 없이 꽉 찬 섬이다
나무도 우리고 돌멩이도 화산도 우리
먹을 수 있는 열매는 이 잡듯이 따 낸 우리고
야생동물은 정수리에 손도끼가 꽂히게 될 우리
어제는 피를 묻혀 가며 뼈를 뒤졌고
오늘은 불을 피우고 노래를 불렀지
내일은 껴안고 자다가 입 냄새를 맡을 거다
마실 물이 없어서 오줌을 마실 지경이 됐을 때

낡아 떨어진 옷과 야하지 않은 몸
수백 일이고 안 씻은 얼굴 앞에서 우리는

잘 열심히 최선을 다해서

우리를 딛고 서 있었다
주제에 낙원이었고

종이 조각이었다

잘라 버리는 건 나의 일이었다

소지품 검색대에서 주섬주섬 배낭을 헤치고 필통 안에
있는 가위를 꺼내 보였다
이거 봐 덕분에 우리는 여행도 가고
덕분에 우리는 안전했고
밥도 먹고 잠도 자고 웃은 거야
덕분에
우리였다고

> 돌아와서 살아 있다고

그 애는 처음부터 무기를 갖고 있지 않았다
무해한 사랑
이라는 간판 앞에 맨손으로
보초를 섰다

내 말이 틀려?
필통에 가위가 있는 게
뭐 잘못됐어?
말해 봐
날 뭐라고 욕했는지 말해 봐

난 아무 말 안 했어.
소년은
**난**
강조했다
그럼 누가
소년을 두고 오려 낸 배경들이

부스스 일어나서 잘린 면을 벼리며 날 보고 있었다
언제부터였나
오래전부터

그런 식으로 손이 베이면 자초한 일이라고들
했지
가위 때문에
가위
같이 썼으면서
빚진 줄도 모르는 이 버러지들아
갚아

# 평화로운 가정

유리구슬
커다랗고

뚜비 나나
지쳐 있다

구슬 안에서
곡선과 곡면과 온전함을 지키기 위하여 내부를 가다듬
고 또 가다듬었다

악법이 법이라면
영원도 원이야

그것 참 끔찍한 소리구나
뚜비는 굽어진 내벽을 쏘아보았다
이 벽을 걷어찬다면 소동이 일어나리
뚜비에게는 각오한 넘어짐이
나나에게는 난데없는 쓰러짐이
엎치락뒤치락

함께 굴러갈 것인데

그렇다면 어쨌든 나아간다고 말해도 될까
많은, 희망 많은 이들이 우리 어릴 적에 가르쳐 주었듯


그것 참 끔찍한 소리구나
나나는 뚜비의 생각을 알고 있다
오래전부터 알고 있다 뚜비는 투명하고 나나는 기민하니
유리구슬의 두 축으로 적합하였으니 유리구슬이 발생
했다
속이 다 비쳐 반대편도 들여다보이는 뚜비를 보며
나나는 만일
이 구슬이 불투명해지면 그건 오롯이 나의 잘못
조용하게 결론지었던 적 있다


그리고 실제로 그 일이 일어났습니다
아지트를 가꾸는 데 집중하였을 뿐인데, 바깥이 관찰되
지 않았다 바깥이 없다면 어디로 가는지 제자리에서 머리
를 찧고 굴러다니는지 어떻게 알 수 있을까 우리 중 누가

확인해 줄 수 있을까
　나나는 너 혼자 넘어진 거라고 했다
　뚜비는 구슬이 전진하는 거라고 했다


　나나는 귀와 코를 열고 소리를 지른다
　우리가 어디에 있든 어디를 향해 가든 그것은 중요한
것이 아니다 우리는 이 안에만 있을 거다 안은 변하지 않
을 것이다 우리만이 매일 돌아오는 똑같은 아침에 나동그
라지고 우스꽝스러워질 뿐 바깥에서 들여다보던 사람들
이 웃기다고 웃을 것이다 몰려들 것이다 우린 그 사실도
모르고 광대처럼 싸울 것이다 예민해져서 서로가 미워지
겠지 그런데 우린 어쨌든 함께해야 한다고 영원히 말이야
밖 같은 건 하등 쓸데가 없다 화해하지 않으면 고통뿐인
멍청이들의 상자 멍청해서 모서리도 없는 상자의 핵이 바
로 나고 나에게는 너다 머리가 그렇게 안 돌아가?


　둘은 화해의 의미로 딥 키스 했다
　엷은
　목 안에서 달싹거리는 혹이 관찰되고 있었다

엄마 저게 뭐야? 한 어린이가 묻기도 했을 것이다


손에 손잡고
벽을 넘어서


유리 장인이 빨대처럼 생긴 관에 후우 숨을 불어넣자
둥근 것이 생겼다
지구였고
호흡기로 감염되는 병균이 득시글거리는 곳이었다

# 폴터가이스트

도자기
도자기에 담긴 물.

이 도자기 컵은 손들로부터 일정한 간격을 지키며, 손
에 닿을 곳에 가만히 있습니다. 마음만 먹으면 엎질러지겠
다는 듯이.

그러나 이 컵은 주변을 불안하게 만들지 않습니다. 넘치
지 않고 부족하지 않은 적정량을 지키며, 물을 가두며, 도
리어 온건하게 느껴지는 창백함으로 제자리에 있습니다.
있는 것입니다.

있다는 것은 중요한 사실이나
너무 중요해지면 당연해질 만합니다.
그래서 나는 이 도자기 컵을 깜박하고 건드는 손들을
이해합니다. 이해하려고 합니다.

파도, 파고, 낙차에 대해 말하고 싶습니다.
천천히 들어왔다가 나가는 숨에 대하여.

이것은 살아 있다는 증명입니다. 근육을 부드럽게 움직이면서, 벨벳을 한 방향으로 쓸어볼 때의 안심감이 공간을 순회합니다.

　또한 전혀 의식하지 않는 것이 당연합니다.

　평소에는.


　손잡이.

　그것은 손에 의해 밝혀지는 존재입니다.

　당신이 나를 잡고 끌어당기려 할 때 난 알게 됩니다. 내게 손잡이가 있습니다. 무언가 흔들렸습니다. 흔들리고 싶지 않아서 숨을 참습니다. 딱딱하게 굳었습니다. 정물로 변하고자 합니다. 안에서 흐르는 것조차도.

　이 앞에, 공들여 펼쳐놓은 벨벳 카페트에 한 방울의 얼룩도 지게 하고 싶지 않으니까.


　당신은 당신이 무슨 짓을 하고 있는지 모릅니다.

　어쩌면 알 수도 있지만

　모른다고 합시다.

＞ 도자기의 물이 혼자서 물결을 만드는 것을 누군가 발견한다면
그는 오싹해질 것입니다.
그런 기분
당신에게 주고 싶지 않습니다.
아마도
아마도 내겐 당신이 중요합니다.


물을 도닥여 쓸어내리고 진정시키는 생활을 좋아합니다. 기특한
껍데기는 껍데기를 더욱 믿고 있습니다.
당신은 아무것도 건드리지 않았습니다. 그리고

엎질러지고 싶다 튀어나오고 싶다 손을 흉내 내고 싶다
나도 만지고 싶다 벼락같이 끌어안고 싶다 추적추적하게
만들고 싶다 울상 속 떨리는 아래턱을 구경하고 싶다 니
가 독감에 걸렸으면 좋겠다

그리고 아무 일도 일어나지 않습니다.

# 드라마


난 원래 솔직한 사람이었다

그러니 솔직히 말하자면

네가 좋아한 영화들이 뭐랄까 겉치레가 심하다고 생각해

네 바지 밑단을 접는 요령, 고집하는 낡은 운동화의 끈

여리고 너덜너덜한 끈을 난 흉내 낼 수 없을 만큼 복잡

하게 엮어 매는 방식

다 별로라고 생각해

하지만 이것은 나의 생각일 뿐

생각과 마음은 가까워질 수 없었지

마음으로부터 달아날 수 없었기 때문에

난 나의 생각이 나를 비웃으면서

너를 비웃으면서

어디선가 우리를 맹렬히 조롱하며 둘 중 누구라도 상처

받기를 기다리고 있다는 것을 알았다

네 생각은 어떠냐는 질문을 받으면

난 좋다고 했어

좋다고……


그건 마음이었지

그래서 거짓말이었고


거짓말쟁이가 되는 건 쉬웠어
마음대로 말하면 끝이니까
그럴수록 네 생각은 진실을 찾아서
침대 밑을 빗자루로 뒤지고 가진 외투 주머니를 뒤집고
손을 넣으면 찾으려던 것이 어디 있는지 찾지도 못할
만큼 어지러워져서
너는 울었어
보푸라기를 뒤집어쓰고
네가 외쳤어
넌 나보다 나쁜 거야
사라졌지
멀리 걷느라 풀어진 운동화 끈을 끌며
난 원래 비슷하게 구겨 넣어 주는 것조차 할 수 없었지만
하고 싶지 않았다 원래부터
그냥 좋아한 거야
네 찢어진 생각에서 떨어져 나뒹굴던 나이프를 주워
깔끔하게 씻어 올려놓고 바라보면서

생각했어
난 좋은 사람이고 싶었는데

정말 좋은 사람

커스터드푸딩을 함부로 움켜쥐거나 난도질하지 않는
사람
흰 접시로 조심스럽게 받쳐서
네가 바라는 부엌등 빛 아래에 두는 사람
희망과 진실은 늘 가까워질 수 없었지
이 생각, 생각만이 돌아온 탕아를 다루듯 나를 안아
주었고
솔직히 말하면
나는 처음부터 먼 데 있었는데
여기서 감히 포옹을 바란 거야
내가 나빴지
와 주려고 해서
고마워
마음 혼자로는 아무것도 안 되었어

그러니 네 잘못이 아니야
너는 별로였지만
이 나이프는 내 것이야

# 크림

육박지르고 육박지르고 육박지르다 보면
슬픔이
흐르지 않고 굳어집니다
그럼 얼결에 조금은 단단해진 기분이 들고
미세 거품 같은 것도 생겨서
허세랄까
날 부풀릴 수 있어요

작은 구멍을 한아름 안고 살아갑니다
만져 보세요
부드러워요

수십 개의 손에 머리 가슴 배를 내맡긴 채로
체념한 강아지가 이쪽을 보고 있었습니다
뒤에서 개는 크림이에요
친절한 목소리가 들렸습니다

# 날 미워하지 마

지금 누워 있는 침대는 물렁거려서 끝이 없다 끝도 없이 나는 바닥과 가까워졌다 깊이가 생기는 중이라고 침대는 기꺼이 낙관해 주었다 그에게 고맙다고 하지 않았다

물렁한 물질이 주는 안락감이 있었다 두부를 먹고 치즈를 먹고 과일젤리를 먹고 누워서 내 몸을 만져 보았다 딱딱하고 튀어나온 곳이 많았고 낭패감이 들었다 이런 걸 안고 싶다는 생각은 제대로 된 생각이 아니다

내가 으깨고 찢어발긴 음식물이 나를 이루었으나 그 많은 것들의 이름 하나하나 기억하지 않는다 이 침대도 대충 침대라는 명칭으로 나를 견디고 있고 바닥에 놓였음에도 더 바닥으로 몰아세워지고 있다 침대에게 좋아한다거나 미안하다고 하지 않는다 내가 나로 판 구덩이에서 어떻게 나와야 하는가 모르겠다는 생각이 몸을 짓눌렀다 끝도 없이

무겁다 안겨 있는 게 좋고 패여 있긴 싫다 내 모양으로 훼손된 곳에 이르러 나는 안락하게 웃었다 이불을 덮어쓰고 눈을 감으면 이대로 잘될 것도 같았다 조금 이따 악몽이 온다는 경험을 믿기 어려웠다

울퉁불퉁 흉해진 그를 이제 와서 안지 않는다 글 쓰는

사람들은 악마야. 꿈속에서 침대가 말하고 나는 아무 말
하지 않는다

# 왓츠인마이백


가그린

칫솔 치약 세트

편의점에서 산 9900원짜리 충전기

비싼 지갑(명품을 사면 기분이 좋아지나 시험해 보았는데
그렇지 않았다)

블루투스 이어폰(그다지 관심 없는 가수의 에디션이고 선
물은 늘 이런 식이다)

핸드폰

트윅스 초코바

고양이 밥

영수증 조각


들고 있는 것은 들고 있는 것

닳아 없어지거나 고장날 때까지


손을 잡고 있는데, 바퀴벌레가 너의 운동화 밑으로 기
어가려는 걸 봤어

떨어트린 반지를 줍는 척

얼른 앉아서 잡아서 가방에 넣었다 데이트를 망치고 싶

지 않았으니까


그것은 나의 사랑 방식이었으나 한순간 바퀴벌레 알 무
더기를 떠맡을 가능성을 내포한다


다정했던 약혼자
그는 지갑을 훔치려다가 이 가능성에 손목이 잡혀 버리고


서둘러 손목을 끊고 손목을 감싸고 하얗게 질려서 달
아나는 약혼자
버려진 그의 왼손은 내게
"이게 다 너 때문이다."
뺨을 갈기고 아스팔트 맨홀로 기어 들어갔지
다섯 개 손가락을 구르며


내게도 다섯 개 더하기 다섯 개의 손가락이 있고
난 가급적 이것을 모두 사용하여 초코바를 깐다
천천히
한 입만,

이라 말하는 아무나 달려오도록
달려와 주기만 한다면
아랫잇몸을 드러내면서 아니, 아니야 괜찮아
너 다 먹어
얼마든지 나눌 수 있는데

배고픈 사람일수록 입안에서 악취가 나는 건
어째서일까
빈 공간의 냄새는 어째서 어김없이 아무도 속이지 못하고
저는 없어요 없는 사람입니다 없어 보이지요
티를 내 버리고야 마는 걸까

자동차 보닛 밑의 고양이가 대답한다
  그럴수록 쿠션 팩트를 꺼내 뺨을 두드려, 손가락 자국
을 감추어야 하는 거야 모자란 부분은 남의 관심을 끌어
애정을 뜯어 채울 수 있는 거다
  하지만 넌 화장품도 안 들고 다니는 게
  글러먹었구나
  다리 하나가 모자란 벌레처럼

다리 하나가 모자란 벌레처럼

호의에 간신히 매달려 유지되는 삶은 지긋지긋한 도박

멀리멀리 도망가는 고양이야
그렇다고 특별히 날 싫어하는 건 아니겠지

특별한 미움은 특별한
관심
그러나 미움받을 그릇조차 되지 못하지 때문에 저는요
길거리에 가장 많이 보이는 식으로 머리를 자르고 무신사
스토어에서 랭킹 순서대로 옷을 사 입는다고요 이왕이면
흰색 아니면 검정색으로

이 가방, 튼튼하고 평균적인 사각형, 깨끗하게 관리하지
만 안에 뭐가 들어가는지 내용을 하나하나 마음대로 할
수는 없는 일이고 저는 어쩌면 그것과 평생 싸우고 있는
것 같아요 그걸 왜 마음대로 하지 못하는지, 이해할 수 없
는, 미움받을 가능성이 현저히 낮은 생물들과 이 땅덩어리
에 태어나 버렸잖아요 마음을 나누고 싶은 채로

그럴수록 확실히 말해 두려고 합니다
저는 바퀴벌레를 싫어하지도 좋아하지도 않아요
단지
그것은 도움받은 것을 기억하였고
미안한 일을 잊지 않았다고

미움 마음 미안
그리하여 어떻게 된 것이냐는 경멸 어린 시선에 나는
대답할 수 있다고

저 지금, 바퀴벌레랑 같이 있어요
차 마시러 왔어요

"우리 아이들의 보금자리가 되어 주어 고맙습니다."
더듬이를 갸우뚱거리며
순진하게 웃는 얼굴
원망하지 않았다면 거짓말이지만

저도 실은 못된 사람이어서요

아까의 고양이가 낯익은 손을 먹어 치울 때
*이 벌레는 다리가 다섯 개뿐이네*
그 앞에서 밥을 줄까
말까
고민하다가 그냥 지나쳤거든요
그걸 인정하는 데 시간이 많이 걸렸는데


그동안 아기 바퀴들은 잘 자라 주었어요
당신은 걱정스럽게
아기 바퀴들이 무엇을 훔쳤나요? 더럽혔나요? 망가뜨렸
나요? 묻지만
전혀


감사할 일이었어요
나는 탁자 위에 올려진 엄마 바퀴의 손에
전 연인이 내던진 반지를 선물했다
가방 밑바닥
내가 들어 있다고 쓰지 않은 것
없는 척한 것

꺼내서 끼워 주었다
진심으로 잘 어울렸다

# 외로운 조지-Summer Lover

최선을 다했다 그러니까
최선을 다해 밝기를 올리고
뜨겁다면 그냥 타 버려도 돼
눈부시다면 눈이 멀어도 상관없지
원반을 좇는 대형견처럼 단순하게 움직였다
털끝 하나도 허투루 사용하지 않고
바빴다

그해엔
많은 곳에 갔고
많은 것을 볼 수 있었어
험하게 신고 다닌 신발이 구겨지고 더러워졌어
그래도 괜찮았어

발을 씻으면 마음이 벅찼다
희고 깨끗하고 힘찬
이 똑 떨어지는 두 발
내게 이렇게 튼튼한 것이 달려 있다니

어디든 어떻게든 닿을 수 있을 것이다 올리브가 필요해
지면 그리스에 가고 우동을 위해서는 일본에
  곁에 아무도 남지 않은, 섬 최후의 육지 거북을 위해서
라면 갈라파고스 섬에도 갈 것이다


  거북이는 갈라파고스에 붙박여 살고 아무 데도 가고
싶어 하지 않는다
  이치에 맞는 일이다
  내게는 그 애의 낡고 딱딱하고 둔탁한 발과 발톱
  보듬으며
  그 생태를 이해할 자신이 있었다
  내 자랑을 포기하고
  엎드려
  거북이 거북이 아니게 될 때까지


  내가 거북과 구분되지 않을 때까지 나의 좋은 발을 잊
을 자신이


  난 내가

무엇을 알고 싶어 하는지 알았고
이 같은 각오들을 겁도 없이 발뒤꿈치에 박아 넣으면서
출발했다


유일한 거북
외로운 거북에게 대뜸 다가가


알게 된 것의 목록


모래로 예술작품 만드는 놀이
그걸 무너뜨리는 파도의 이유 없음을 받아들이기
네 발로 슬픔에서 천천히 걸어 나오는 법
멈추고
눈으로 말하는 법
좋아와 싫어를 드러내는 한 생물의 고유한 표현
배고플 때 흙을 잘 씹어 보면 나던 단맛
약함에 의한 서러움
걸친 누더기를 고스란히 살에 찍어 내는 자외선
홀로되어 본 과거는 불안을 수신함

내가 나인 이상 알 수 없는 기분이 존재할 수 있음
그리고
집에 돌아가야겠다는 예감

너를 편안하게 해 줄 수 있어서 좋아
거북의 눈을 감겨 주는 순간까지

유일한 것이 없는 것이 될 때까지
몸과 마음을 열심히 썼다

놀랍게도 한철이었다

영원히 사는 줄 알았지
갈라파고스에 거북이란 것이 멸종되자 원주민들은
내가 이해할 수 없는 언어로 수군거리기 시작하였고
그 애가 좋아하던
그 애의 집만이
단단하고
빈 채

무겁게 무겁게
가져갈 수도 없게 모래 더미에 멈춰 있었지

그 애의 자랑
결코 그 안으로 걸어 들어갈 수 없었던

그해 여름엔

독립을 했다
무수한
내 것이 아닌 집을 보러 다닌 결과
내 것이란 무엇인가
내 것에 대해 적당히 받아들일 수 있었다
최선을 다해
멈췄다

멈춘 자리에서 빨래도 하고 청소도 하고 요리도 하고
잠도 잔다

겨울까지 나는 주로 집에 있었다

잠깐 이 앞에 나갈 땐 맨발에 슬리퍼만 대충 신은 채

귀찮으니까

아무도 안 마주쳤으면 좋겠다 빌었지만

그런 때에 징크스처럼 꼭 누구를 만나게 되었다

그런 때엔

괜히

아직도 여름에 사는 사람처럼 보였을까 화가 났고

발가락이 시리고 피부 탄 자국이 부끄럽지만

후회되지가 않아서

앞으로도 부끄러워할 수밖에 없음을

알아차리며 비로소

긴 이야기의 처음과 끝에

이 말을 덧붙여 왔다

최선을

다했다

3부

검은 머리 짐승

# 악취미

취향을 쥐어 버린 여자아이가 엉엉 울고 있었다
손바닥이 새까맸다

무엇을 만졌니
송충이를 만졌어요
너는 송충이를 좋아하는구나
네 사실이에요

운동화 안에 한 주먹씩 담아 두던 송충이
발가락을 감싸며 꿈틀거리는
감각은
흰 양말 끝에서부터 타고 오르는 색이어서

나는 아래가 짙고
위가 하얗게 질린

미술실 창가
아코디언 물통에 흰 민들레를 꽂아 놓았었다
귀찮은 아이들이 거기에 붓을 씻었다

> 장차 그런 색이 될 걸 생각하면 발가락이 뒤틀리고 몸
이 떨렸다

겁과 흥분이 구별되지 않았다
조심하며 흔들리고 있는
흰 날개들 틈에
얼굴
창백해져서 들키지 않고

좋아하는 눈 코 입을 그리고 붓끝을 꼭 쥐었다
감추기 위함이었고
닮아 보기 위함이었다

# 검은 머리 짐승

밉다, 미워해, 이런 말은 모서리도 둥글고 또 귀엽게도 보여서
나는 나를 설명할 때 그런 스티커를 자주 썼다

오래된 스티커를 떼 내면 끈적하고 시커먼 자국
경멸해

화장실 타일마다 기분 나쁘게 끼어서
빡빡 닦아도 안 닦이는 애들
거기 있으라 하고
두는 수밖에 없었지

매번 그런 애들 앞에서 팬티를 내렸다

　　　　　　네가 어디를 제일 부끄러워하는지
　　　　　　어디를 공들여 씻었는지를 알고 있어

머리카락이 너무 길다고 귀신 취급을 받을 때 많았지만
할 수 없었지

> 나는 나를 머리끝부터 발끝까지 가려야 했다

# 스톡홀름 증후군

재희는 스톡홀름에 가 본 적 없다. 그러나 스톡홀름이라는 이름을 부른다.

"누나, 스톡홀름이라고 알아?" 웃으면서 나에게 말한다. 그건 곧 내가 스톡홀름에 있다는 뜻이다. 내가 스톡홀름에 있다는 것을 나는 모르고 재희는 안다는 뜻이다. 그걸 농담 섞어 알려 주겠다는 뜻이다.

스톡홀름에 가 본 적 없는 재희는 여유롭다. 스톡홀름에 갈 일이 없기에 배제되어 있다. 스톡홀름의 풍향과 습도와 식충 식물로부터 자유롭다. 그렇기에 스톡홀름을 아무리 불러도 아무렇지 않다.

Made In Stockholm

이라고 적힌 액자가 우리 집에 걸려 있다. 내 눈에만 보이는 액자라고 한다.

내가 스톡홀름 여행에서 가져온 것이라고 한다. 가족들 앞으로 남긴 선물이라고 한다. 아니다 나는 여행에서 돌아오지 못했다. 아니다 나는 선물도 준비하지 않았다. 나는 안다 이것은 스톡홀름 경찰이 잘못 부친 몽타주다. 가족들은 그 사실을 모른다.

액자에 걸린 용의자 얼굴을 들여다본다. 용의자가 진지하면 내가 진지하다. 용의자가 안타까워하니 내가 안타까워한다. 내가 이를 보이자 용의자가 이를 보인다. 내가 눈을 감지 않으니 용의자가 눈을 감지 못한다. "누나, 이거 거울인 거 알아?" 스톡홀름에 한 번도 가 본 적 없는 재희가 웃으면서 스톡홀름산 물건에 대해 말한다. 내가 이것을 증오하는지 아끼는지 경험으로 생각하는지 훈장처럼 달고 사는지 재희가 알 리 없다. 그러나 스톡홀름에서 빠져나온 유일한 물건에 대해 재희는 농담할 수 있다.


나는 농담하지 않는다

가만두지 않는다

이 말을 만든 사람부터

입에 올린 사람

> 스톡홀름까지

　마음에서 알이 희번득거리며 꼭꼭 마음을 비추며 증식했다

　스톡홀름에 있었을 때 살해당한 내가 낳아 놓은 것이었고 엄마 없이 자란 티가 역력한 것이었다

　엄마 없이도 죽은 엄마를 꼭 닮을 자신이 있었다

　틈을 다 알고 침입하는 그리마 무리로 자라 지구 반대편 행복하게 잘 사는 김재희 앞에 나타날 수 있었다

　"그냥 날 밟아."

　없애

　퇴치해 줘

　나를 나로부터 빠져나가게

　해봐

　해봐

　해 봐

　진심이야 해 봐

# 올드 앤드 뉴 트라우마

모멸감

그녀는 어느 오후에 떠올라 나를 보고 있었지
내가 서 있는 곳 통유리 바깥에서 말이야
여긴 38층인데
여긴 38층인데
이 괴담을 누가 믿어 줄까

　38층에 선 27세 여성. 165센티미터에 46킬로그램. 흰 유니폼을 입었지. 치마를 입었어. 나만 치마를 입었지. 나는 언제나 웃는 사람이었네. 낡은 사람들에게 빈티지하게 '나는 당신의 친구입니다'를 말해야 했어. 낡은 사람들은 다 지난 유행가를 반가워하며, 본인들이 낡지 않은 것 같은 기분에 빠져들어야 했다네. 그 세계의 관심은 낡은 이들에게 있었지. 나는 관심을 거스르지 않는 태도를 연습했고. 그러다 알았어. 이건 연습이 아니라 실전이었다.

　헌 옷 수거함에서 건져 올린 나
　옷걸이 구멍에 목을 집어넣을까 말까 고민하고 있다네

하지만 나는 새 옷이라네
누구도 한 번을 안 입어 주고 수거함에 처박았을 뿐
믿어 주게 나는 새 옷이라네
나는 여기에 있으면 안 되었다네
주름을 다려서 펼쳐 보면 알게 될 걸세
이 원단은 미래에서 왔다는 것을


　쭈글쭈글한 할아버지가 계단을 오르는 나의 등을 노려보았다. 얘야 어디 가니. 옥상에요. 옥상에 무엇이 있니. 문이 있어요. 문을 열면 어디로 통할 수 있니. 어디로든 상관없어요. 고작 한 칸짜리 화장실일 수도 있겠죠. 물을 틀어놓고 소리라도 지를 수 있겠죠.
　할아버지는 큰 소리로 웃었다. 이봐. 그 문 밖에는 아무것도 없어. 내기할까? 넌 그대로 떨어져 죽을 거다. 이 세상 물정 모르는 어린애야. 너 어린애가 아니고 싶다면 돈을 벌어야 하는 거야. 이리 오너라. 나를 기분 좋게 해 주면 돈을 주지. 하지만 돈은 이미 줬으니 나를 기분 좋게 해 주어야 한다.

내가
돈을 받았나?


아가씨 칭호를 얻은 내가 사고 싶은 건
고작
중고 원피스였네


발목까지 덮는 옷을 나는 잠깐 좋아했다네
잠깐 동안 무늬가 많고 화려하고 나풀거렸네
과거의 내가 아무렇지도 않게 버린 옷들이라네
시시하다고
못생겼다고
작아졌다고
그러나 어떻게 하면, 어떻게 하면 다시 가질 수 있나요
이상하네, 나는 손에 쥐어진 푼돈을 놓고서
혀를 끌끌 차며 외면하는 옷자락들을 붙잡았네
짧고 딱 붙는 치마를 입은 채로 애원했네
나에겐
당신이

필요해

다시 유행해 줘요

미래를 돌려주세요


그때엔 모든 것이 돌고 돌아 괜찮아져 있을 듯하여

나와 내 친구들은 늙기를 기다렸다

아가씨보다 아줌마가 좋았고

아줌마보다 할머니를 원했다

할머니보다는 삭아 없어지는 흙이 짱


이런 말을 듣고 있자니 애야

내가 우스운가? 보기 흉한가?

거짓말 치지 마. 너 방금 내 다리 쳐다봤어. 난 봤어.
난 보여. 흰 바탕에 안 지워지는 검버섯들. 너도 봤어? 너
도 생각해? 이런 걸 달고 다니는 사람들에 대해. 어쩌지
못하고 드러나는 섭리에 대해. 모자란 원단과 못 숨는 곰
팡이성 치부에 대해. 자네는 생각이란 걸 좀 하나?


지들은 다 바지 받아서 입고 나만 등신 만들었어 나만

바지 안 췄어 너 지금도 보고 있어

이제 할미는 살 만큼 살았으니 모든 것을 이해한다
그러나 가끔은 단종된 담배를 태우며, 낡은 사람들
너 낡아라! 호통치던 사람들
낡음 가운데서 그럭저럭 낡기로 한 사람들
낡지 않은 무엇을 찾아 야금야금 솔기를 썹던 사람들
죽어
소리쳐 본들 아무런 대답도 돌아오지 않네
이미 다 죽고 없는 것인가
고요한 문 바깥에서 할미는 생각하였다
오직 들을 수 있는 기척이란 한 가지

모멸감……
아직도?

그녀는 대단해

모멸이의 다리는 날씬해

모멸이의 다리는 예뻐

물구나무 자세로 치마 속을 다 드러낸 우리 모멸이

창문 밖에서

나는 당신의 친구입니다

나는 당신의 친구입니다

뛰어내렸는데 떨어지지 못한 모멸이만이 노크를 하고 있다네.

# 의류 수거함

구덩이
자꾸 커지는 구덩이

안에 손을 넣었다
이십 년 전 버린 속옷이 거기에 있지

첫 허물을 벗어 놓고 새끼 뱀은 도망친다
깊은 안으로, 다음으로, 또 다음으로

나는 나에게서 빠져나오려고 평생 공들여 지냈다
여기는
내가 도달할 수 있는 최선의 안쪽이다

# 의류 수거함 이전의 길몽

태초에 꿈이 있었다. 그러나 기억할 수 없는
어느 희망도 내 것이 되지 아니하였고, 신께서 정한 것을
나는 소리 질러 울며 받아들였다. 그리고 삶이 시작되었다.


91년
수박을 자르자 딸기가 쏟아져 나왔다
이 문장을 닮은 아기를 나의 언니라 부르도록 하자


수박도 딸기도 아기도 엄마의 마음에 꼭 들었는데


동생이 나타났다
아직은 그게 나였다고 부르지 않도록 하자


마음을 자르고 딸기가 쏟아져 나왔다
엄마는 딸기를 반씩 나누어 딸들에게 주려 했지만


동생은 딸기를 먹지 않았다
유치원에서 몰래 딸기를 버리다가 야단맞았다


초등학교 선생이 동생을 싫어했다

딸기를 다 먹을 때까지 집에 보내지 않았다

엄마는 교실 문밖에 서서 아이가 맞는 것을 지켜본다
오후 세 시
딸기를 삼키지 않는 여덟 살이 학교에 남아 어른들을
괴롭게 한다

누가 누구를 괴롭혔을까
↑ 이건 동생을 연민하는 문장이 아니다
동생으로부터 튀어나온 문장도 아니다
걔는 어른에 뒤지지 않을 만큼 충분히 고역이었으니까
원한을 모른다

딸기밭에서 무언가를 수확하려는 사람을 당황시키고
고함치게 하고
바구니를 떨어뜨리고 도망가게 했다

조심하라고 했다
친하게 지내지 말라고 했고

파렴치한 육식동물은 딸기와 어울리지 않는다는 사실을
어른이 돼서야 알았지만
그때까지 모두 내 잘못인 것처럼
딸기밭에 몰아넣었다가 내쫓았다가

야단이었다

××년
태양 밑에서 다리도 없이

흙과 살을 비비며 비늘을 반짝이며 뱀 무더기가 사람
들 곁으로 왔다
사람이 되려고

내 태몽은 내가 정할 수 없는 거였다
그렇지만 나는 내 사실이 마음에 들었다
처음부터.

# 학습 만화

그것은 일상
차곡차곡 쌓인 우유 팩을 하나씩 가지고 가서
입구를 벌리고
입을 벌려서
쏟아붓는 그것은 평범
특징이 없고 색깔도 없어
노트의 배경이 되기 적절하였으며

우유 입자가 떠다니는 주택 단지에서 살았다
대로변에
그리다 망한 등장인물들이 뿌옇게 뭉개진 얼굴로
작가를 원망하며 서 있었다

드레스를 입은 언니는 공주가 맞았고
초록색 머리카락을 달고 있는 언니는 염색한 게 아니야
웃겨도
낯설어도
우겼어야 했는데
선을 죽죽 긋고 칠하여

> 바탕으로부터 기껏 구분된 형상들은 왜
흰색 바깥으로 나가지를 못했나
공책의 테두리는 사고 없는 교차로였고
백묵으로 그어 놓은 선을 따라
술래가 들어간다
왜였나
왜였게


모두 우유를 먹고 자랐으니까 우리
몸속에 우유가 흘러내렸어
우유는 내벽을 타고 흘러 쌓이다 분출할 어디쯤을 찾아
조금씩 구멍을 파
좀먹어


다리 사이에서 우유를 흘리는 장기란
일상
평범
특징이 없고 색깔도 없지만

냄새는 있다

싫어하는 거 알아

넌 특별히 말하지 않지만

바라보지 않고 듣지 않고 만지지 않는데도

그것이 와

느끼게 해


그것이 출발해

내 다리 사이에서 살을 찢고 나와 바닥에 퉁 퉁 던져지

면서 가

팔다리도 눈 코 입도 없고

다칠 몸도

필요로 하는 누군가도 없어

그냥

노트 구석에 볼펜으로 뭉쳐 놓은 무의미함이야

지우개가 없을 때 지우고 싶었던 나의 스마일이야


경사진 고개를 올라가

치안이 나쁜 골목을 마구 찾아가서

띵동띵동 거기 준호네 집인가요 아아 보용이네 집인가요
저를 아세요! 기억하세요?
아직도 피 흘리는 장기를 당신은 가져 본 적 있을까요?


입구를 벌리고
입을 벌려서
묵을 대로 묵은 냄새가 악을 지르는데
왈칵
똥칠
똥 아니야
그럼 뭔데
우유를 쏟은 흰 티셔츠
빨고 빨아도 도저히 흰색이 되지 않던 속옷과 양말
몽땅 뭉쳐도 던져도 타격이 되지 않는
천 쪼가리들


오래전 내가 입고 있었던 그 티셔츠
희고 희어서
무엇이 터져 버렸다는 것을 몇 년 뒤에나 알았지만

> 소란을 듣고 뛰쳐나온 내 피조물들 사이에 나만 발가벗
고 서 있다
　　배 속 한가운데 검은 펜 구멍이
　　빙글빙글
　　난 채로

# 외로운 조지-자폐

레몬 페퍼민트 꿀 베르가모드 호우드 티트리 장미 캐모
마일 바닐라 바나나 라임 시나몬 샌달우드 코코넛 사이프
러스 오크모스


어떤 무드의 향을 좋아하세요
명랑하게 물어볼 수 있다
여러분이 좋아할 룸 스프레이를 나는 많이 갖고 있고
추천해 줄 수도 양팔을 넓게 벌리게 한 다음
착 — 착 — 뿌려 줄 수도 있는 사람이지
이 섬을 밝히거나 온도를 올리고 내리는
냄새에 관해서
공부를 많이 했으니까
이 삶은 익숙하다


섬 냄새가 좋아서 종일 머무르고 있는 관광객들
예뻐해 주고 싶다
향들이 정말 내 것이라면 몇 개 쥐여 주고도 싶다


그러나 나의 냄새는 나의 체취가 아니고

집으로 돌아가 옷을 벗어 놓으면
나와
능수능란한 냄새
사이에 살갗이 단단하여

절망하기는커녕 내 갑피에 등을 기대 스트레칭을 하거
나 핸드폰을 보며 웃는 날이
오래되었다
무너지지 않는 벽
습하고 통풍이 안 되고 따뜻한
여기에서

상해서 안 먹었나요
안 먹어서 상했나요
음식물 뭉텅이에 슬어 놓은 알이 무럭무럭 자라 말하
고 날개를 내밀기 시작한다
어째서 제가 마음에 안 드시나요

문을 열고, 떠다니는 말을 환기시키고 싶고 한편으로는

날아가려는 말을 불러들여 평생 같이 살자고 입 맞추고도 싶다

물가에 내놓은 말들
옷자락의 단내와 평온한 향에 이끌려 집 앞까지 따라온 누가 문을 두드렸을 때
내가 그 문을 열었을 때

귀신같이 빠져나간 내 말들
다들 가만 안 둘
손뼉으로 간단히 죽여 버릴 내 아기
나는 붙잡으려고 맨발로 뛰어나가 이 말 저 말을 그러안고 엎드린다
한참 그러고 있는다
어깨가 둥글게 말리고
등이 굽고
실내를 형성하고 실내를 감추는 자세로

물가까지 따라온 손님들에게 말한다

연필향나무 숲속에
라벤더꽃으로 지은 집이 있습니다
그 안에 비에 젖은 자두가 놓였습니다

거짓말
여기에
아직도 미문을 믿는 어린애가 있습니다
안에 무엇이 살고 있지요?
무엇이 썩고 있나요?
손을 잡아 주는가 싶더니 살충제를 쥐여 준 은인들
아 사랑해 준 당신들의 뜻이라면
에프킬라로 목구멍을 겨누겠어요
착 —— 착 ——
미리 말하겠는데
이 거북이 구멍 안에 고쳐 쓸 만한 것은 하나도 없습니다
들끓습니다 코 막으세요

# 갈라파고스 핀타섬 마지막 코끼리거북 숨져

**박제해 영구 보존하기로**

갈라파고스 제도 핀타 섬에서 살아온 코끼리거북 '외로운 조지'〈사진〉가 24일 숨졌다고 BBC가 이날 보도했다. '외로운 조지'는 섬마다 다른 코끼리거북의 여러 아종(亞種) 가운데 핀타섬에서만 서식해온 '켈로노이디스 니그라 아빙도니' 종의 마지막 개체다. 조지는 자손도 남기지 않았기 때문에 이 거북 아종은 공식 멸종됐다.

에콰도르 갈라파고스 국립공원 측은 지난 40년간 조지의 사육사로 일해온 파우스토 예레나가 이날 아침 조지가 숨진 것을 발견했다고 발표했다. 조지는 1972년 핀타 섬에서 헝가리 과학자에 의해 발견된 이후 사

육장에서 자랐다. 조지의 정확한 나이는 밝혀지지 않았지만 100살은 넘을 것으로 전문가들은 추정하고 있다. 그와 같은 아종의 최대 수명은 200살이다. 국립공원 측은 조지의 사체를 부검해 사인을 밝혀낸 후 박제해 영구 보존할 계획이다. 공원 측은 조지의 후손을 얻기 위해 수십년간 애를 썼지만 모두 실패했다. 조지는 인근 울프 화산 출신인 근연종 암컷

과 15년간 한 울타리 안에서 살며 짝짓기까지는 성공했으나 암컷이 낳은 알들은 모두 무정란으로 밝혀졌다.

갈라파고스 제도에는 19세기 말까지만 해도 코끼리거북의 개체 수가 상당히 많았지만 선원과 어민들이 식용으로 마구 포획하고 사람들이 풀어놓은 염소가 이들의 먹이를 가로채 그 수가 급격히 감소했다.

이송원 기자 lssw@chosun.com

# 영접

너는 악기란다
너를 사용해라
그러나
맹세해라
스스로를 파괴하는 어떤 행동도 않겠다고

오래전 신과 약속했다
— 나는 귀신이랑 한 약속도 잘 지킨다

폐건물에
연주자로 초대되었던 적 있다
셔터를 내리고 문을 잠근 후 시작되는 그들만의 생활
그들만의 파티 그들에게 내놓은 매물

온몸의 열쇠 구멍을 다 잠가 놓고
열쇠는 신에게만 넘겨주었다

바람이 세게 불 때마다 저절로 비명이 흘러나왔다
리코더처럼

신은 노래를 좋아했고
날 들었다가 안았다가 만졌다가
구멍을 두루 보살피며 멜로디를 지었다
느린 멜로디

어느 순간 나는 이 노래가 듣기 싫었다
이건 무슨 장르인가요?

대답이 없었다
고요 속에서
내가 듣기 싫은 노래
내가 부르고
내가 듣는 날

내가 듣는 나

♫♫♫

흉가 체험이 유행하던 여름에

당신은 몇 개의 버려진 물건들을 보았습니다

금 간 엘피판과 휴지심
거미줄인지 곰팡이인지 모를 것이 뭉쳐진 이불을 보았
어도
아마 나를 발견하진 못했을 텝니다
나는 이불 밑에서 숨죽여 울었습니다
들키기 싫어서
들킨다면

당신은
고함을 지르고 물건을 집어던지고 도망가거나 기절했을
것입니다 환하고 북적거리는 장소로 뛰어가 자신이 맞닥
뜨린 것에 대해 상세히 늘어놓고 즐거움을 나누었을 것입
니다

나는
그런 사람을 불편하게 하고 싶지 않고
즐겁게 하고 싶지도 않습니다

＞ 다만 구멍이 많은 악기로 태어나 자리에 가만 있다 보면
소음을 내기도 하고
음악을 만들기도 하고
그랬습니다
내 의지와 관계없이
이 지구에서는 눈에 보이지 않는 공기조차 바쁘게 편을
바꾸고
그걸 바람이라고 배워 왔습니다


음…… 음…… 음


아무리 사랑받아 온 음악가라도 어느 순간 말할 수 있다
저는 음악을 한 적 없습니다
지긋지긋하고 추한 신음을 멈추지 못했을 뿐
그것이 나의 인생이라면
여러분은 무엇에 박수를 치고 무엇에 감동했다 말하겠
습니까
차라리 내가 철저히 망해 버렸다면 좋았을 텐데 그렇다면
이렇듯 승악한 포르노쯤 한두 번으로 멈춰도 충분하였

을 텐데

　아무리 미움받아 온 매미라도 생각할 수 있다

　여름 동안, 저는 몸을 바쳐 노래를 불렀고 한 번뿐인 사
랑을 했습니다

　수천수만의 영화에 배경 음악으로 쓰일 만큼 멋진 사
랑을요

　아무리 우렁찬들 무시되었을 수도 있겠다만

　그것이 나의 인생 전부였다면 어떻습니까


　♫♫♫


　이건 백 퍼센트 나의 의지로, 멜로디에 붙인 가사다


　끝내 의지를 가진 악기를 벌주기 위해

　신은 자유를 알려 주기로 결정했다

　가거라

　어디 한번 가 보거라


　나는 열쇠를 쥐고 문으로 간다

귀신의 집에서 아무렇지 않았던 건
용감해서가 아니라 내가
귀신이어서였을지도
모르지
숨지 않고 살았으나
저절로 숨겨졌던

투명이라는 속성이 적합할까? 이제 와선
폐가가 나를 위하여 있고 내가 폐가를 위하여 있는데

산꼭대기에 서서 몸을 펼치고 바람이 거대한, 눈에 보
이지 않는 기차처럼 나를 뚫고 지나갈 때에

피리 소리가 난다
맛있는 피리 소리가 난다
다리 없는 뱀에서부터 다리 수십 개 지네까지

열린 문으로 돌진하였다

나는 동물이랑 한 약속도 잘 지킬 것이다

# 영매

6이 아니고 8
새는 무슨 새야 닻인데

나의 얼얼한
해골바가지 구멍에서 빈정대는 음성이
울렸다
가르치려 들었다
그렇다고 나
곧이 곧대로 받아 읊지 않는다

시력 검사판 앞에서 반반씩 번갈아 다짐하기를
이     광경은
  나만의     것

잘 보이시죠
안 보이세요
검정 프레임 안을 들락날락하는 렌즈들
맑아

맑은 빛을 오해해서는 안 된다
곡해하고
반사시켜서도 안 된다


눈앞에 벌어지고 있는 모든 군상
단 한 사람에게만 차려진 레드카펫이니


걷자


스포트라이트는 내 것이다


타 죽은 개미들이 모여 사는 곳은 벌써 알아 두었다


아직 젊은데 어쩌다가
주위에서 말을 아끼든 말든


입 밖으로 내밀면 빨간 고깃덩이에 불과한
내장을
미로를

뼈로 꽉 안으며

나는 인간을 한다
이 생생하고 흐릿한 동료들을 안고 갈 것이다

# 엑토플라즘

　병원에 있었을 때 아무도 내가 희귀 난치 환자라는 것을 믿지 않았다. 간호사라는 작자가 나한테 예예 저도 희귀 정신병이 있어서 그랬다. 그 희귀 정신병자의 시체가 떠내려오는 강으로 친구들과 야영을 가기로 했다. 물고기도 잡고 바비큐도 굽고 조그만 축제를 할 것이다. 어려워할 것 없다. 우리는 윤리적인 식인종이라 죄 많은 사람만 소비한다. 편하게 놀러오시라고 당신에게 초대장을 보낸다.

To. 시를 사랑하는 당신 ♡♥


　　웨
　구　　에　에.　　　엑 ;
　　에　　　　에,　☆
　　엑 ★,　　;　　끅 끅 흑
　　　　　에엑.


　　　　　　　　　　　등을 두드
려 줘

　　　　　　　　괜찮아?

# 끝나지 않는 밤의 이불

우리 기억하자
이 땀 냄새

심장이 뛰어 메슥거릴 만큼 춤추고 쓰러진 날
손가락 하나 까딱할 수 없이
개운하게 열렬해진 밤

나는 무엇에 잔뜩 얻어맞은 사람이 되어 늘어졌는데
그 무엇이란 도대체 사람은 아니었고

좋아하는 음악과
좋아하는 술과
좋다고밖에 설명할 수 없는 많은 기분이 내게 있었는데

그들이 날 밀치고
올라타서 이마를 밟은 다음 도망가거나
머리카락에 껌을 뱉은 후 가위로 잘라 주던 순간에

난 웃었네

나는 웃었어

계속 좋아하고 싶었거든
내가 좋아하고 있던 당신들을
여전히
무엇도 상관하지 않고

열심히 웃는 나의 몸에서는 악취가 났다

기이하게 얼룩지는 외면과
축축한 내면

환해질 바깥과
도저히 환해지지 않는 바깥이 붙어 누워서 서로를 위
로하는 동안에도 나는 혼자

눈을 감고 귀를 막고 혀를 깨물었다
그러면 세상이 온통 나의 통각으로 영원해졌다

# 플라스틱

— 나는 내가 작년에 죽었다고 생각했다


어느 쪽이냐 하면 매몰되기를 바라는 편이었다
위태해 보이는 산 아래에 쭈그리고 앉아
무너져라
무너져


수색대원들이 손전등을 들고 내 뒤를 왔다갔다했다
들키지 않았다
내가 더 진심이었으니까


들것에 실려
요란하고 따가운 사이렌의 이유로 밝혀질 때도
긴 쇠 집게가 모래 알갱이를 골라내어
살 속에서 하나씩 빼앗아 갈 때조차


나는 들키지 않고
소란이 차려진 식탁 밑에서 혼자 김밥을
물은 없어도 꾸역꾸역


물의를 일으켜서 미안합니다

> 용서받고 싶을 땐 몰래 뒤로 가서
머리카락을 땋아 주었다
엄마 건 짧고 곱슬거려서 잘 안 됐다

스탠드 아래 건강한 팔다리를 늘어놓고 햇볕을 묻히고 노는
친구들
양 갈래로 땋은 머리

내가 말을 던지면 꼭 공이 던져진 것처럼
그 자리에 우뚝 번지는 긴장감

그래도 나는 계속 말 걸었다
물 있니
물 빌려줘

너희들의 생수병에 꽂혀 있는 건
한때 나를 거절했던 사람
의 친구들

의 친구들까지 사용했던 빨대

내 이야기를 빌려 화목했던 사람들은
나와 마주쳐야 할 그때에
어떤 색깔로 어색해하는가
또는 한치의 거리낌이 없이 환한가

아무것도 모르고 종이컵을 많이 샀다
나눠주고 나눔받을 것을 믿었다

아무것도 들어 있지 않은 컵을

나는 다닥다닥 이로 물어뜯었다

어느 쪽이냐 하면

체육 대회를 좋아하는 쪽
운동 신경이 괜찮은 편이었답니다
등산을 하러 가서 마치 해냈다는 듯이

땀 흘리고 웃고 내려다보았으나

모두
썩지 않고 당당하게 묻혀 있다고
비 오는 밤 피부를 뚫고 나온 지렁이들이 일러 주었다

4부

가죽

# 하루미의 영화로운 날

책꽂이가 텅텅 비어 있었다

무슨 얘기를 읽었더라
그렇게 영양가 없는 얘기는 아니었는데

어제도 그제도 온몸 다해 쌓아올렸던 낙엽 더미에서
형이상학적인 잎
한두 개가 툭 떠오르기도 했다

예쁜데
이걸 어떻게 밟겠니 태우겠니 빗자루로 치우고 잊어버
리겠니
나는 괜찮았던 잎을 골라 노트 사이에 넣고 꾸준히 펴
보았다
그래 봐야 죽은 애들

일기장을 검사하는 선생이 그걸 좋아했다
하루미, 너는 너무 재미있어 나는 네가 좋아
더 말해 줘 지어낸 얘기든 아니든 영화보다 리얼리티

예능보다 난 네가 좋아

　참 상냥한 어른이었는데

　그 사람의 손가락 끝에서라면 마르고 얇은 어떤 잎도
부서지지 않을 것 같은


　이상하게

　가슴과 배 사이에서 무엇이 마모되고 있었다

　가슴 뒤에서 팔랑팔랑

　손이 춤추고

　책장이 넘어가고

　종이에 손자국이 남아도

　이건 상냥한 어른의 짓

　다음 장면에서


　난 더 이상 내 이마를 타고 흐르는

　선명한

　쥐색 땀을 멈출 수 없었다

　창틀을 청소하다가

　있는 힘껏 창문을 한쪽으로 밀어붙이고 도망 나왔다

격앙된 걸음


교실이 흙과 낙엽으로 엉망이 된 아침에 선생은 나를
조용히 불렀다
*재미있지 않구나.*
*하나도.*


원래 태풍은 재미있는 게 아니다


등교가 늦춰진다고 해서 신이 나선 안 되는 거고
교문 앞에 널브러진 나무 같은 게 인기를 얻어선 안 되지
그러니까
이게 실화냐? 히히덕거리는 친구들과
우리는 조금 다르기를 바랐던 것 같아
머리끝에서 뚝뚝 물을 떨어뜨리며 고개를 숙였다
책갈피 즐겁게 구경했던
그 많은 책갈피들은 전부 이렇게 만들어졌습니다
왜 그걸 알아 주지 않아

널빤지로 된 바닥에 얼룩이 뚝뚝 생기자 다들 내가 우
는 줄 알고
안아 주려 했지만
안았다면
흰 옷깃에 흙탕물이 옮았을 것이었다
나는 격앙된 걸음으로 교실을 떠났다

학교마다 이상하지만 쉽게 미워할 수 없는 선생이 있었고
나는 나중에
그들이 무엇인가를 덜 배운 채로
가르치는 데만 익숙해져 버린
꽉 닫힌 이중창 사이에서 오도가도 못하는 이들이라는
것을 알고 슬퍼졌다

예를 들면
하고 싶은 말을 다 해 보라는 것은
본인이 듣고 싶은 말을 맞춰 보라는 뜻이었는데
어디서 그런 말버릇을 배웠을까
어이가 없었지만

배운 것을 가르칠 뿐인 그를 미워할 수도 없었다

하루미는 곧 죽어도 돌려 말하는 어른은 되지 않겠다고 생각한다
그러니까 얼마든지 해 보라고
마대자루나 손걸레를 넘겨주고 피구공을 건네주는 그런 애들 사이에서 말이다
네 마음대로 하면 돼
**그렇지만 너 하기에 달렸어**
웃기는 소리

왜 나만 마음을 닦고 열고, 마음을 빠르고 힘차게 움직여서 당신을 만족시켜야 하냔 말이다
아무도 안 그러는데
왜 내가
왜 나만
하지만 이 놀이가 시작되고 개처럼 기뻐했던 건 아마 나 자신

창과 창 사이의 벌레를 보면
그냥
도망갔다

그리운
하루미 상

잘 지내요?

나는
재미없는 어른이 되었어요

재미도 없고, 당신은 무슨 말인지도 모를 얘기를 하느
라 지금도 나무를 쓰러뜨려요
나무가 쓰러지는데
낙엽의 색과 모양 이제는 알 바도 아니지만
그때는
잘 보이고 싶어서
잘 보이고 싶어서 좋은 이야기만 골라 꽂았어요

이젠 그러지 않고


가진 책을 미련 없이 태우고 연기에 눈알을 쬐어요
무서워하지 마
나 한때 숲의 일원이었어
그리고 나선 잘 구겨지는 심장
유력한 증거물이었고
손만 닿아도 부스러기를 흘리는 유약한 모서리이기도
했는데
지금은 불이야


앉아서
몸을 말려 보세요
내가 기억한다고 해서 이를 악물고 있을 거라 짐작하진
말아 주세요
저는 단지 기억할 뿐입니다
하나의 기록이었을 뿐
이젠 그조차 아니니까
편하게 오세요

오늘 비가 많이 내리고 바람도 힘들었는데
학교까지 걸어왔네요
잘했어요

당신은 여전히, 함부로 타오르는
창문 너머 단풍이 신기해서 흥미롭겠지
하지만 나는
아는 사람이거든
요령 없이도
격언과 교훈을 학습하지 않아도
감각하고
울고
다루고
행동할 수 있다
무엇이 옳고 그른지 느끼고
나의 눈 코 입—훤한 구멍으로부터
다 들여다보이는 마음을 설명할 수 있다
우습지 않고

부끄럽지 않게

어느덧 어린 내가
열린 창밖으로 손을 뻗어 잎을 만지는 장면
저 애는 다음에 내가 할 말을 맞출 수 있다
동시에 말해 보자
하나 둘 셋

나는 당신을 많이 좋아했다

# I Just

단지
그런 제목이 붙은 와식의 마음이 있다
단지
그리 길진 않지만 최선을 다해 몸을 늘여 보고

뒹굴
검은 털 속에서 검은 털이 계속 나왔다
자꾸만 나왔다
흰 옷에게 검정을 전도하려는 길거리의 이교도처럼

수상했을까
조금이라도 가까워진 사람은 꼭 물었다
고양이 키우시나 봐요
옷에 붙은 검정을 골라내고 웃는 얼굴

전혀
고양이라면 알러지가 있습니다
나도 똑같이 웃으면서 말했다

그러면 그 사람은 영영 집에 데려올 수 없는 사람이 된다
좋아했는데
많이
단지, 하며
말하려다 그만두었다
그를 향해 길어지고 싶은 것을


공동 현관문을 열고 집 문을 열고 방범문을 열고 방문
을 열고
열 수 있는 문이란 문은 다 열고 안으로 들어가면
단지는 여전히 누워 있다
고유히 지닌 녹색 주파를 번쩍이며 외계 언어로 꾸짖기
시작한다
거짓말을 하셨어요
벌을 받아야겠군요


단지가 누운 자리에 오줌이 있고 할퀴어진 자국이 있
고 청소기로 다 빨아들일 수 없는 검정이 있다
나의 몫이다

이 방에는 혼자만 들어가게 할 것이다

나만 감당할 것이다

마음을 건강하게 지키기 위해선 헌신에 더해 약간의 속
임수가 필요했다

그리고 조금은 겁게 변하려는

체념도


단지의 고향에서 인간을 믿으면 사이비 취급을 받았다

그래서 나는 단지

이해하였다

# 타투이스트

나에게 있어 주연은 갇힌 물고기를 구해 내는 사람이다. 주연에게는 칼 비슷한 것도 그물도 이빨도 없다. 가질 수 있는 것은 오로지 바늘 하나다. 그것만이 주연의 손에 남은 모종의 뒷면이다.

어째서 바늘이냐? 설명하겠다. 예전에는 주연도 옷을 만들었다. 복잡한 식탁보 무늬를 자아내거나 신호등의 반짝거리는 초록 화살표를 따라 손을 움직일 수 있었다. 흑백 패턴을 배우며 이게 횡단보도라는 식의 아스팔트를 몸소 체험하기도 하였다. 무릎 또는 팔꿈치처럼 잘 구부러지는 몸이 첫 번째로 다쳤다.

나는 구부러지다 못해 물렁물렁하던, 흘러내리던 먹구름을 걱정했다. 먹구름은 주연의 집에서 오래 아팠다. 처음에는 한주먹거리였고 꼬질꼬질했는데 지금은 품에 안을 수 있을 만큼 자랐다. 주연은 먹구름을 지키려고 방에 숨어 지냈다. 옷에 먹이 옮아도 보는 사람이 없으니 좋았다.

어떤 날에, 나는 구부러지다 못해 액체처럼 출렁인다.

나는 나를 지키려고 딱딱한 형질을 찾아 세워 보려고도 하나 고작 딱정이만 몸에서 돋는다. 유용하고 무력한 유사 피부가 횡단보도를 기억한다. 하얗게 꾸민 이 바닥 무늬는 얼마나 유용하고 또 무력했는지. 번갈아 증명하듯 사람들이 지나가고 사고가 일어났었지. 빗길 위에서 까진 팔꿈치가 펄떡거렸지. 나는 팔꿈치를 건져 내야겠다는 생각으로 주연을 찾아간 것인데

주연은 내 팔에게 자유를 점지한다. 뼈에 걸리고 피부에 막힌 자유가 현관문 손잡이를 쥔다. 물로 가득 찬 방이 거기에 있다. 이제 넘어져도 아프지 않다. 발이 없어도 온몸이 부드러워도 앞으로, 앞으로 갈 수 있다. 나는 한숨처럼 엎질러져서 먹구름에게 잘 있었니? 인사를 하고 끌어안는다.

나는 주연의 식탁에 앉아 물을 한 컵 마신다. 고래? 상어? 팔뚝이 펄떡거린다. 식탁보 같은 것은 없다. 진작에 우린 아무것도 걸치지 않았다. 본 적 없겠지만 주연 씨의 방 벽지엔 심해가 자란다. 언젠가 피부로 넘쳐 올 새 살의 전

개도 같다. 내장이 그것을 모포로 두르고 눈을 감는다. 지
상은 멀고 춥다.

# 자존 2

종이 같은 거야

가슴팍에 잘 펴서 걸어 놓은 종이가 하나 있는 거야
이름이 적혀 있다면 이름표일 수도

뒤에 유리창이 있다면 커튼일 수도
유리 안에 이상한 게 들어 있을 땐
가림막이 되고
아무것도 없을 땐 그게 스타일이고

버티컬을 올리고 창문을 열어젖힌 생물 둘이서 연초에
불을 붙인다
하나는 조류고 나머지 하나는 조류답다
유행을 의식한 행태

조류다운 것은 조류인 것과 다르다
그는 날지 않고 없어지니까
새보다는 날씨에 가까운
과—악

괘—액

나에게도
집 나온 코카투를 주워 키운 경험이 있지
고백한다
자기 혼자 흉곽을 부풀렸다가 줄여 보는 게 취미였던 애
그냥 언제부턴가
없다
없어졌을까?

창틈에 손을 넣어
쿡쿡
그 애의 날갯죽지를 찌르곤 했다
날아가지 않을 걸 알았으니까

집 안에서 무언가를 잃은 사람들이 창문을 굳게 닫기
시작한다
좋은 것 같아
없어진 물건은 어차피 돌아오지 않는데

> 젖은 종이가 우그러지면 날씨를 탓하는 사람들에게
묻고 싶었어
날씨란 무엇입니까
날씨를 겪어 본 일도 없는 생물과
날씨에 진절머리 내는 생물이 같은 하늘을 쓰면서 숨쉬
면서 각자의 가슴팍을 망가뜨리는 이건
자해?

어쨌든 울진 맙시다
차라리 수상한 담배를 나눠 피우고 꽁초를 자기 얼굴
에 비벼 끕시다

그러면 좀 멋있어진 기분이 드니까요
특별하고 무서운
진짜 야생동물다운 기분

종이에 구멍이 있었다
코카투가 쪼아 뚫은 것일 수도
담뱃불에 지진 걸 수도 있고

&gt; 젖어 있으면 손가락으로만 찔러도 쉽게 뚫렸다
물 뿌린 사람은 연기를 봤다고 불이 난 거 아니었냐고
했다

괜찮다고요

뒤에 어차피 아무것도 없다고 나밖에 없어

# 팝

가방 검사 시간입니다
머리에 손을 올려놓으세요
맨 뒷자리에서 보면 꼭 나 때문에 벌을 서고 있는 모습
이라

손바닥이 젖고 두근거렸다
가방 속에 옥수수가 있다
잘못한 건 아니지만
옥수수가 등장하면 분위기가 조금
아무도 이 어색함을 해결해 주지 않을까 봐

모름지기 어른이란 내 옥수수 앞에서
어이없어하거나 잔소리를 하거나 귀엽게 여겨 주는 사
람이다
겨우 이런 것의 무게를 견디고 키를 눌러 가면서
도대체 무엇이 되려고 할까

아이들이 와르르 웃고 나는 그게 웃기지 않아서
하는 수 없이

이 꼴이 되었다
그런 기억이 한 잎 한 잎 불거지며

몇 년이 지나 그럴듯한 식물원이 완공되었다

엄마는 엄마답게 화초를 좋아해서 거기 가자고 자꾸
졸랐다

나는 비닐 천장 아래의
꿉꿉함과 축축함과 대책 없이 고상하기만 한 알록달록
하면서 추욱 늘어져 있는 그것들이 꼴도 보기 싫었다
왜 저런 것들을 보면서 감탄하는 걸까

저런 것들에게
호스를 들고 물을 뿌리는 사람을 안다
무스를 발라 넘긴 머리 모양과 치마 차림을 하고 화재
를 진압하겠다는 자세로
화초를 기르는 사람
이 온실 곳곳에 있는

뽑아도 계속 자라는 옥수수의 존재를 알고 있는

나는 식물원 안에 있구나
내 의지와 관계없이

우리는 서로를 발견했다

그녀는 비행기 승무원이고자 했다
그런데 키가 조금 모자랐다

나는 식물원의 손님이고 싶었다
그런데 옥수수의 대명사가 되었다

옥수수, 하면 네, 대답해야 하는
벽과 바닥이 노랗고 튼튼한 집에 누워서
유명한 수염을 아무렇게나 기르고
가끔은 그걸 뽑아 손님들에게 차도 끓여 주는

너 그렇게 옥수수를 좋아하더니 결국 옥수수가 되어

버렸네
　오랜만에 만난 동창에게
　있어
　좋아한다는 건 뭘까

　나는 이 동네 사는, 실은 옥수수가 어떻게 재배되는지
도 모르는 연인에게 좋아해, 말하는데
　동창은 비행기를 타고 한참 가야 나오는 나라에서 외국
인들과 콘스프를 먹으며 나 이것 좋아해 말한다

　우리는 채식을 주제로 한 영화를 보러 갔다
　매표소 뒤의 금속 기계에서 얻어맞는 소리가 끊이지 않
았다
　팝콘
　좋은 냄새가 났고
　터진 무엇이, 보드랍고 근사한 균일감으로 쌓이는 동안
　난 터져서 솜이 다 비어져 나온 소파를 머릿속으로 더
듬는다
　발톱과 수염이 달린 털짐승만큼

나와 가까이에서 늘 맨살을 맞대던 소파
이윽고 가볍게
말해 보았다
난 옥수수를 좋아한 적 없다고

가방이 무거워서 슬펐고 가방을 버리면서
슬펐다고
그러나 행복해야 해
책임져야겠다고 선택한 일을 한껏 예뻐하면서

옥수수가 나를 증오하여 내 집을 망가뜨리고
옥수수라는 피부를 내버리기 위해 할퀴고
튀어오르고 내장을 뒤집어 까면서 최대로 반(反)식물적
인 무엇을
증명하려고 한들
이 좋아함과 싫어함과 사랑함이 서로를 필사적으로 가
리기 위해 목을 길게 빼고
최대로 최다로 아름다운 꽃을 만들고자 앞다투는 고요
속에서

# 귀빈

이 벽면
녹색 커튼을 열어젖히면
무엇이 나타나지?

알리고 싶지 않았다
뜬눈으로 작은 방을 지켰다

부지런하고 꼼꼼한 의지가 있어 한 사람 겨우 누울 법
한 공간이 마련되었지만
나는 잘 수 없다
그렇게 태어났다

불안하지 않은 척하려면 어떻게 해야 하는가
눈꺼풀을 감기 직전까지 여미고
웃으면 되지
그렇지만 감아 버리면 안 되고
봐야 한다
보고 있어야 안심되니까

이리 와서 같이 봐
견뎌

동행을 일으켜 세우고 한 번은 강요해 보고 싶었으나
하지 않았다
나는 아마
좋아했으니까
우리 집에서 한번쯤 자고 싶어 하는 호기심의
순진무구한 빛을

그런 빛이 있어서 덜 무서웠고
보기 싫은 내부까지 봐 줘야 했다
커튼 뒤에는 밝기에 벅차오른 곤충들이 와다다다 붙어
있었다
틈을
사냥하려고

뺨부터 손끝까지 파르르 떨면서 커튼 앞에 서 있는
나의 위선

주체하지 못하고 움찔거리는

운 좋은 한 마리의 나방

절대로

지켜야 한다

너 여기서 무엇도 눈치채지 못하게

# 실패한 농담 보호소

보호소 안 가 보셨죠
지옥이에요
유기견을 끌어안은 경비원이 얘기했기 때문에

언젠가 한 번은 가 봐야지, 가 봐야지 그러면서 이날
이때까지 버텼다
외출도 잘 하게 되었고 운전면허도 땄다

내 차가 있다면 좋았겠지만 그 정도까지 근사해지지는
못한 어른이
산길을 올라가고 있었다
빌린 은색 차를 운전하며

초록색 표지판

침묵
이라고 적혀 있다

희고 반듯한

자를 대고 그은 모양 글씨체

산 이름이 침묵이라니 누가 이런 생각을 했을까
나는 들썩여지며 감탄한다
나를 들썩거리게 하는 이 울퉁불퉁한 바다의 이름에
대하여
흥분하고
무언가 순탄하지 않구나, 하는 감각이
반증하는
생명 냄새

느낄 수 있다
살아 있는 것이다 그것이 살아서, 지옥에서 탈락되지
않고 네 발을 딛고 꼬리를 빳빳이 세우고 있는 모습을

......

그릴 수 있다
내가 꿈틀거리며 튀어오르려고 하자 급하게 손에 쥐여

지던 종이와 펜

　이용하여, 이 목격을 놓치지 않고 나는 스윽 스윽 스으윽 스으으으

　검고 구불거리고 듬성듬성한 수풀과 그 뒤에 가려진 문을 묘사했다. 육중한, 은색으로 빛나는 철문. 그 자리에서 움직여지기를 기다릴 테지만 기다림이 기다림만으로도 끝나는 문. 누구의 힘을 빌릴 수 없고 누구에게 빌려주지도 못하는 힘으로 스스로를 다무는 중.

　말할 수 있어요?

　소리 내 보라고

　환자분 소리 내 보세요

　자꾸 말하는 선생님께 죄송하게도 이 철문은 꿈쩍도 않고

　나는 서러울 만큼 문을

　열고 싶다 왜냐하면 진실로 진실로 내가 들어가 있는 곳은 차 안이 아니라…… 은색 차가 아니라……

근사한 어른을 위하여

깨끗하게 버리고 쓸고 닦고 치워야 했는데

겨우 그만큼도 근사해지는 법을 몰랐기 때문에 통째로
버리고 잊는 일만이

최선이었고

지옥이었고

이걸 열으라고요


해야 할 말이 있었다


해야 할 말을 가둬 놓고 밥 주지 않고 안아 주지 않
았다

그것은 죽지 않고 눈을 동그랗게 뜨고 가능한 모든 육
고기를 사냥했다

예컨대 이 철문을 무시하여 건너가고자 하는

나의 영적 의지 같은 것을 동원해 가며

살기를 원했다

살아남기 원했다

그럼에도 제일로 무서운 것은
하고픈 얘기가 사라지는 것


문을 열고, 가진 망령을 전부 방목하고 그들이 자리를
찾아 안정하기까지 돌고 돌고 물고 뜯기는 난장이 전부 지
나간 후
아무도 찾지 않을
외딴 산의 공포
나는 몇 살인가
어디에서 누구와 살고 있나
무슨 일을 하며 돈 버는지 병은 없는지
무엇을 후회하고 있는지
질문에 대한
질문 없이도 깊어지는
침묵
침묵
언제까지 깊어질지 알 수 없는


더 이상 내가 아닌 어른이 철문을 긁었다

열 손톱이 전부 빠져나가기를 바라며

요란보다 요란해지며

# 도둑 고양이

1. 괴물

지난 가을 어떤 고양이를 지독하게 쫓아다녔다 이제껏
한 번도 좋아해 본 적이 없는 품종의 고양이 조용한 고양
이 예의가 바르고 몸단장에 신경을 쓰는 고양이 사람 말
을 할 줄 아는데 자기가 강아지라고 말하는 고양이

나는 그 고양이네 집에 가서 사기 그릇을 깨고 배수관
을 터트리고 행거를 넘어뜨렸다 입에서는 좆됐다 소리가
나와 버렸고 욕도 해요? 고양이는 무서워하며 내게서 조
금씩 거리를 뒀다 캄캄한 꿈속에 대고 고양아 고양아 부
르면 오지 않았지만 고양이라 부르기를 멈췄을 때 다가와
서 멍멍 소리를 냈다

멍멍

(번역: 나는 당신이 생각하는 만큼 훌륭한 동물이 아닙
니다. 그러나 당신이 절 훌륭하지 않은 동물이라 여기는 것은 견딜
수 없습니다. 나는 훌륭해지기 위해 매일 털을 빗고 세수를 하

고 깨끗한 양말을 골라 신습니다. 나쁜 말을 쓰지 않고 소리나지 않게 주의해 걸으며 향수를 잊지 않습니다.

그러나 당신이 정말로 현명하다면 내가 바라던 주인이자 몸종이라면…… 나의 진실을 벌써 눈치챘겠지요…… 그 사실을 떠올리면 발톱을 꺼내서 털을 마구 헝클어뜨리며 이 방 창문까지 날아오르고 싶어집니다. 침대 위에서 눈 감은 채 은근하게 웃는 당신 얼굴을 참을 수 없어요. 자, 이래도 내가 고양이입니까? 나는 부리를 꺼내 당신 정수리를 찍습니다.)


고양이는 입버릇처럼 말했다 넌 날 몰라 네가 뭘 안다고 너는 아무것도 몰라 가끔 고양이는 두 발로 걸었고 세 발로도 걸었고 걷지 않고 움직이기도 했다 정말로 고양이가 아닐지도 몰랐다 그러나 피투성이 이마로 눈을 뜨면 난 되뇌어야만 했네 고양이다 고양이야 내가 쫓아간 고양이 그러니까 어젯밤 그건 일종의 애정 표현…… 입맞춤…… 내가 모르는 세상에는 부리와 날개와 단지 독특한 사랑법을 가졌을 뿐인 고양이가 있는 것이다


침대 아래에는 모서리 많은 파편이 자갈처럼 깔려 있으며

고양이는 이것을 본인이라 말한다 자 걸어 봐 내 머리 위를 빙글빙글 돌면서

걸어 봐

네가 선택한 아픔을

염치없이, 고양이에게 이해를 바랄 수 없는 아픔을

불안 굉음 적목 현상 의기소침 연민 안으면 흘러내리는 부드럽고 연약한 몸 그 안에 무수한 칼날

모두 고양이였다고 생각해?

쏟아지는 옷 더미와 젖은 바닥과 사방에 널린 날카로운 조각 꿈의 조각

어지러이


나는 얼마간 분실되었다

내가 모르는 세상에서

알 수 없는 동물이 되어

## 2. 연인

봄에 나는 우연한 계기로 사람 말을 할 줄 아는 강아지를 만나게 되었다 안녕, 반가워요 그의 첫 마디를 들었을 때 나는 깨달았다 아무도 알려 주지 않았는데 한 번에 반하는 것처럼 깨달았다 당신이다 당신이 고양이에게 말을 가르쳤다 조용한 당신 예의가 바르고 빈틈없는 당신 오늘 처음 만났지만 내가 열렬하게 좋아해 본 적 있는 당신 외에도 중요한 여러 당신을 도둑맞은 당신이다 나는 당신이 보여 주지 않은 빈틈을 본다 그 빈틈에 들어맞는 조각이 어떻게 생겼는지 모서리가 얼마나 날카로운지 안다 고양이는 사라졌고 당신은 강아지도 고양이도 아니다 그러나 당신에 대해 생각하는 것을 멈출 수 없다 나 이 여름이 지나기 전에 당신을 이해한다

# 나에게는 좋은 감촉이 있다

선인장은 가운뎃손가락을 들어올린 주먹처럼 자란다
가운뎃손가락이 살찌고 튼튼해져서 다시 주먹이 되고
거기에서 또 가운뎃손가락
가운뎃손가락

돌려서 말하는 건 특별한 기술 같아
천천히, 원에 가깝게
모서리가 없게
다쳐도 증거가 남지 않도록

일단
입안에서 기다리고 있는 말에게 지금 튀어나가서는 안
된다고
잠깐 놀다가 이따 다시 오라고 일러 두었다

지칠수록 무럭무럭 자라나는 띠 모양 말
자기를…… 질질 끌고…… 내 몸속을 아무렇게나 돌아
다니다가
저 혼자 엉켜서 이도저도 못 하고 있을 때

> 나는

괴로워
묶였어
암 덩어리가 생겼어
만지면
동그래
근데 아파

날뛴다
이건 폭탄이다
그렇지만 이겨 내야 한다
가시광선과 굉음 같은 게 함부로 찌르게 둘 수 없다 그
게 누가 됐든지 간에

나는 나를 세게 안는다

그리고 불현듯
알게 된다

## 나에게는 좋은 감촉이 있다

있는 수준이 아니고
아무도 모르는 게 말이 안 될 정도다
어떻게 이 느낌을 지금
나밖에 몰라?

순간 외로웠고
참을 수 없어졌다
베란다로 나간 다음 보이는 식물을 끌어안고 아무 비밀
이나 말했다

느리고 평온한 뻐큐를 돌려 받았다

# 예언

너무 웃고 나면

얼굴 아래에 붉은 개미가 들끓는 것이 느껴졌다

내가

다 쓰고 씻어 말린 잼 통 같은 유리병이었다면

달콤한 것 대신 흙을 삼키고 삼켜서 꽉꽉 누른 감옥이라면

개미들이 길을 뚫기 시작한다

목적지가 있다는 듯

너 참 투명해

칭찬인지 비아냥인지 모를 벽 바깥의 소리를 들으면서

가장 큰 개미가 알을

픽

픽

낳아 박는다

무엇이 부화하고 계속되나

빠져나갈

수

있나

매일 엷어지는 알 껍질 속에 날 깨트릴 구원이 들어 있
을까

나는 많이 웃는다

오늘이 마지막이라는 듯

# 도마뱀

　고구마밭에서 나는 낯설게 말한다. 흙이 묻어 누구 목소리인지도 분간이 어려운 소리로. 적어도 내 목소리는 아닌 소리로 말한다. 낮고 빠르게. 안 된다. 멈춰. 잡고 싶어도 늦었다. 나도 모르게 사라지고 마는. 일 초에 삼백사십 미터를 간다는. 그러려고 한 건 아닌데 한번 구멍이 뚫리면 꼬리에 꼬리를 물고 뛰쳐나오는 덩어리들은 내가 어찌할 수 없다. 깊은 곳에서 우두두두 딸려 오는 몽우리들. 다 말할 수 없어 말할 때마다 앞뒤가 맞지 않는 뭉텅이들. 땅에 묻혀서도 계속 쌓이던 배설물이 때로 촉촉하고 때로 버석해. 나는 내게서 빠져나온 더러운 증명을 내려다본다. 더러운 생각을 해 버렸다. 인간이니까 어쩔 수 없어. 인간들은 그렇게 말하면서 아무한테나 씨를 뱉었지. 씨를 버리지 못하고 잘 묻어 두는 습관은 어리석어 보였다. 싹이 나고 잎이 나고…… 뿌리도 못 뽑고 수박 같은 걸 데리고 살아. 허리가 휘어서 지내. 사과나무를 잘 키워서 박수를 받기도 해. 나는 남의 밭에서 전해져 오는 반짝반짝 윤이 나는 사과와 달고 진한 블루베리잼 더러는 꽃다발을 받고 미소를 보인 적 있다. 멋있어. 잘했어. 축하해. 기특해. 나는 여러분이 좋아. 여러분은 나의 소중한 이웃이고 증인이야. 이 삶이 잘못되지 않았다는 응원이야. 그러나 내가 다독인 씨앗은 담장 밖을 넘어가지 않는다. 땅 위로 머리를 들지 않는다. 그러면 나는 꼭 나쁜 습관이 없는 사람처럼 보여. 씨앗을 머리에 들이부어도 눈 하나 깜짝하지 않는 양철 깡통이야. 먹구름 대신 콘크리트를 표방하는 회색이고 조금의 물 자국도 없는 안전이야. 그것은 퍽 괜찮은 삶이다. 음식을 잘라 본 적 없는 커트러리가 건강하게 빛나듯. 단단한 확신을 가지고 이웃들은 담장을 건너왔다. 그런데 나는 이 똥처럼 생긴 것을 드셔 보시라고 권하고 말았다. 어떡하지. 어떡하지. 당신들이 나를 낯설게 본다. 나는 잘 키운 나를 따라 빠져나가는 수밖에 없다고 생각한다. 목구멍에서 똥을 닮은 말들이 줄 줄 줄 앞장선다. 어쩌다 덩어리 하나가 잡혀 뚝 끊어진들 이 종이 위를 구른들 당신이 그걸 주워서 버리든 썰든 으깨든 삶든 튀겨 먹든 적어도 내 것은 아니라고 믿는다.

# 끝

OUT OF SERVICE

세면대 밑에서 흘러나오기 시작한 얼룩이 텔레파시를 보내고 있었다. 평소처럼 세수를 하던 아침의 일이었다. 그래 내가 이럴 줄 알았지. 이럴 줄 알고 물줄기 정말 가느다랗게 틀어서 씻었는데. 방으로 뛰어들어가 닦을 것 막을 것 무엇이든 찾아보았으나 보이지 않았다. 급한 대로 연습장을 좍좍 찢어 세면대 아래를 틀어막았다. 무엇을 저렇게 연습했을까? 백지가 아니다. 일그러진 글씨들이 물에 젖으며 녹아 흩어지고 있었다.

거기에는 입에 담을 수 없는 욕과 나에 대한 거짓말 그리고 유려하게 쓰인 아름다운 이야기가 있다. 읽는 것만으로 심장이 뛸 정도로. 나는 이 모든 것을 고급 종이에 적어 번화가의 상점에 내놓길 원했다. 아니, 아니야. 심경을 담은 자필 메모라는 부제로 뉴스에 언급되길 원했다. 실은 이 집의 첫 손님에게 아무것도 아닌 것처럼 소개해 주고 싶었다. 이것을 읽어도 괜찮은 사람에게. 읽고 기억하고 없어져도 괜찮은 사람과 가느다랗게 떨어지는 물을 구경하면서.

물줄기를 나란히 들여다보며 말하길 바랐다. 이것은 여섯 살 때 처음 발을 담갔던 개울이야. 그리고 처음 죽을 것 같이 취하고 쓰러졌던 화장실의 배경 음악이야. 뭐라도 줍고 싶어 다 벗고 잠수했던 녹색 심야 그리고 미래에서 온 이과수폭포야. 언젠가의 우리는 짙은 물 냄새를 맡으며 마음의 풍광에 압도되어 서로를 장악하고 서 있을 거야. 그제야 무엇인가를 해낸 기분이 들 거고 이 물이 줄곧 이어지던 이유를 물보다 깊고 크게 알 수 있겠지. 나는 비로소 다 돌려받은 사람처럼 울음과 웃음을 한번에 터트리며 위로를 받을 수 있다. 그렇지만 아주 먼 미래의 가정이고 중요한 얘기는 아니야.

잘하고 싶은 게 많았다. 사실은 하나뿐이었다. 그 하나가 잘 안되었다는 것은 쓸쓸한 일이다. 나는 혼자서 더없이 안전하였는데. 혼자에게 일 인분의 머리카락 땀 눈물 병균이라면 크지 않을 거라 그 정도만큼은 감당할 수 있으리라 믿었는데. 믿는 것이 고장날수록 의연해야 할까. 책임을 질 차례였다. 매일 의연하게 더러워지며 해결을 기다리기로 했다. 그때까지 조금만 견디자. 지금까지 잘 견뎌왔다. 조금, 조금 불편할 뿐이다. 나는 괜찮다. 나는 괜찮다. 나는 괜찮다. 나는

여느 아침처럼 화장실 거울 너머 얼굴에 붙은 것을 바라보았다. 어느날 갑자기 보이기 시작해서 씻어도 씻어도 사라지지 않던 그것은 내 어머니의 광대뼈였고 아버지의 눈동자였으며 혐오하던 스승의 지문이었고 다시는 만날 수 없는 이의 글씨체였다.

# 검은 머리 짐승 사전

이 사전을 출판하게 되기까지의 일들을 헤아려 봅니다. 나는 내가 아는 가장 큰 짐승에 대해 말하려고 했어요. 눈은 이렇게 생겼고 코는 어디에 달렸고…… 그런데 그게 사실은 징그러워서, 말하면 말할수록 부끄럽고 미안했지요. 덜 미안해지려면 어떻게 해야 할까. 고민하다가 예쁘게 말하는 법을 배웠습니다. 앞에 서서 마이크를 잡을 때면 그래, 저 사람이야. 저 사람 말을 참 예쁘게 하지. 많은 이들이 입술 끝을 올리고 따뜻하게 바라봐 주었는데요. 나는 인기에 취해 나긋나긋하게, 메모해 두었던 미사여구를 읊기 시작했습니다. 거짓말은 아니잖아요? 모든 선물 상자의 리본이 그렇듯 거짓말은 아니었어요. 나는 대단한 선물을 주는 것처럼 짐승의 털을 살살 빗기며 귀에 속삭였지요. 착하지. 예쁘지. 아이 잘한다. 가만있어라. 소란 피우면 죽인다. 조화와 보석을 덮은 짐승은 휘장 뒤에서 꼼짝도 않고 박수를 받았습니다. 만족스러웠어요. 나는 짐승을 사랑했으니까요. 나에겐 짐승이 다였어요. 짐승에 대해 말하는 것을 멈출 수 없었어요. 가진 것을 자랑하고 싶은 마음이 뭐가 나빠요? 많은 이들이 나한테, 너는 좋은 선물을 받았구나, 너는 특별한 주인처럼 보여, 이야기해 주었고 나는 그것을 진실이라고 믿었습니다.

　내가 살던 도시 속 스크린에는 세계의 진실을 보여 주는 영상이 재생되고 있었습니다. 팜나무가 필요한 오랑우탄과 플라스틱을 삼킨 바다거북 이야기에 사람들은 멈춰 서서 그렇구나, 고개를 끄덕인 다음 다시 걸어갔습니다. 끔찍함의 모서리를 궁글려 깜찍하게 만드는 것은 어렵지 않아요. 사람들은 선물 가게로 들어가고, 거기에는 동글동글 폭신폭신한 동물 인형들이 쌓여 있었지요. 슬픔을 달래고 싶을 때 나도 거기 몇 번인가 갔었습니다. 그러나 내 짐승을 닮은 건 어디에도 없었어요. 아무도 그런 모양을 원하지 않았던 것입니다. 충분히 노력하고 협의를 거쳐 바뀐 상태일지언정.

　아시다시피 나는 사고로 진실을 잃었습니다. 한 번도 풀어보지 못한 선물 상자가 형편없이 찌그러졌는데, 찌그러진 모양이 마치 안에 아무것도 없는 것처럼 보였어요. 그때의 장면들을 나는 집요하게 기억하고 있습니다. 놀라움과 실망과 기묘한 들뜸이 섞인 눈썹 모양, 실패한 사람이 받는 종류의 친절, 깨어진 유리 눈동자, 무언가 커다란 움직임이 있었다가 멎은 것 같은 실내, 정수리들…… 그러나 그것은 누구의 잘못도 아닙니다.

제가 작가가 된 것은 저의 잘못이 아니에요. 가까이에서 말려 줄 사람이 아무도 없었을 뿐입니다. 그러니 너무 남을 탓하지 마시고, 천천히 둘러보세요. 페이지마다 기념할 만한 품종을 재현해 두었습니다. 그냥 인형이 아니고 약품 처리까지 다 된 진짜 가죽이에요. 안고 자면 큰 위로가 되겠지요? 자기 쓰레기감은 됐어요. 이렇게 하지 않았으면 언젠가 달아났을 애들이잖아요?

이제는 굳이 말을 고르지 않습니다. 막, 공들여, 애써서 얘기하지 않아요.

# 스트레칭!

손끝으로 만지는 것
: 귀, 눈꺼풀, 어깨, 말하지 않는 입술

발끝으로 만지는 것
: 양말 속, 구두창, 모든 바닥

나는 어둡고 시리고 젖은 검정-으로부터 끌어올려진다
조금만 더

손과 발에 힘을 주고 그물을 잡아당기며

어부가 바라는 것은
불어도 터지지 않는 풍선이나
때려도 부서지지 않는 벽

이를테면 끝이 없는 것
끝없이 참고 참는 우주의 너비처럼

커지고 싶어

끊어질 수 없다면 늘어나고 싶어
끝과 끝의 거리가 멀어지고
만져 보지 못한 살갗을 발견하기도 하면서

폭을 배운다는 것
자세로써 도망치는 법 그러나

수조 속 뱀장어는 구부러지며 비로소
낚싯바늘의 모양을 이해하고

손끝이 발끝에 가닿을 때
우리는 구겨질 줄 알아서
아름다운가
조금 더

# 캠핑하는 동물들

전승민

## 1 거북이와 도마뱀과 바퀴벌레

바야흐로 엉망진창인 시대다. 우리는 하루에 30톤 이상의 빙하가 녹아 내리며 썩지 않는 플라스틱과 쓰레기들로 뒤덮인 지구 위에서 매일을 살아간다. 사는 일이 곧 생존과 다름없어진 각자도생의 시대에 문학과 철학의 사유는 인간적이라 불리던 모든 것의 근간으로 돌아간다. 무엇이 무엇을 인간이게 하는가, 인간성이란 무엇인가, 인간의 범주는 어떻게 구성되는가. 일련의 이러한 질문들은 그 어떤 예술과 학문 분과보다도 '인간'을 말해 오던 문학이 가장 앞서서 받아 내는 물음들이다. 작가들은 저마다의 답을 제출한다. 주류 담론이 비가시화하는 소수자의 목소리

음량을 증폭시켜 대문자 역사가 누락해 온 비-인간들의 삶을 아카이빙하거나, 혹은 주체로서 인간의 지위를 오롯이 내려놓고 그간 객체로 전락했던 비인간적 존재들의 시선으로, 그러니까 역방향에서 들여다본 세계를 재해석한다. 그러나 이들 양식은 모두 인간 중심성이 비-인간성과 이항 대립적으로 잔존해야 하는 전제 아래에서 실천되는 대안들이다. 이항대립은 문제가 지닌 구조를 파악한 이후 파기되어야 할 프리즘이지 세계를 영속시키게 하는 토대가 되어선 안 된다. 인간과 비인간이 서로를 대립쌍으로 가질 것을 조건으로만 실존할 수 있다면 담론은 우리의 현실을 해방시키는 것이 아니라 오히려 구조 안으로 복속시키는 효과를 발생시킬 뿐이기 때문이다. 그러므로 우리에게 필요한 것은 인간 중심성의 농도가 낮아진 그 이후의 세계, 다가올 미래에 대한 미증유의 상상력이다. 가령, 벌거벗은 데리다가 고양이 앞에서 느꼈던 수치심은 어디까지나 고양이를 절대적인 타자의 지위에 둘 때만 가능한 너무나 인간적이고 인간적인 반성이 아닌가.* 그러니까 문제는 이런 것이다. 언어라는 구성물 안에서 인간이 인격적·실존적 지위의 질적 격하와 비하를 동반하지 않고 동물의 한 종류가 되는 것은 어떻게 가능한가?

* 자크 데리다, 최성희·문성원 옮김, 「동물, 그러니까 나인 동물」, 《문화과학》, 2013년 겨울호.

동물이 인간이 되는 일은 문학의 전통에서도 쉽게 찾아볼 수 있다. 우화(fable)나 알레고리, 의인화의 기법들을 예로 들 수 있겠다. 그러나 이러한 장치들은 주체가 정상적이고 모범적인 인간성으로부터 탈락하거나 추락할 때에만 허용되곤 했다. 데카르트 이후 정립된 코기토로서의 인간과 기계로서의 동물이라는 구분은 오랜 시간 인류 역사의 전반과 무의식을 점유해 왔고 우리는 이제 이 역사적 전통과 역사의 바깥에서 완전히 새로운 시간을 상상해야 할 의무와 필요를 직면한다. 바로 동물의 인간화가 아닌 인간의 동물화가 도래하는 시간 말이다. 헌데 "내 안의 동물"*을 찾아가는 일, 말하자면 인간이 동물이 되는 일이 데리다가 말한 것처럼 동물을 환대해야 할 타자로 정초하는 과정으로서 발생한다면 그것은 실상 '인간적' 사유의 지평이 확장되는 기존 역사의 변증법에 다름 아닐 테다. 진실로 우리에게 필요한 것은 동물의 이해할 수 없는 시선 속으로 들어가는 일, 인간 언어와 인식의 외부에서 우리에게로 날아오는 고양이의 불가해한 응시 그 자체로 다시금 현현하는 일이다. 일체의 해석을 거부하는 동물의 단출한 시선 안에서, 전혀 경험된 바 없는 전대미문의 사태를 날것으로 감각하는 일, 그러한 상상력을 발휘해야 한다. 평등한 존재자로서 인간의 동물화는 규범과 정상성에 구속받

* 위의 글, 302쪽.

지 않는 문학적 상상력의 자유 속에서 비로소 가능하다.

신이인의 첫 시집 『검은 머리 짐승 사전』은 이 지점에서 정확히 성공하고 있다. '나'는 거북(「외로운 조지-자폐」)이거나 고양이이거나(「I Just」) 도마뱀(「도마뱀」)이고 심지어 때로는 다리가 떨어진 바퀴벌레(「왓츠인마이백」)거나 우주에서 날아온 운석(「불시착」)인 경우도 있다. 시인이 구현하는 동물화는 들뢰즈적인 동물-되기와 사뭇 다른데 시집에 등장하는 동물들은 가령, 인간적 기능의 배치된 신체로부터 탈주하거나 쾌락의 경제로부터 이탈한 몸들이 아니다.* 요컨대 그들은 들뢰즈의 도주선을 그리지 않는다. 그들은 기존의 규범과 체계를 흔들지 않는 방식으로 자신이 그로부터 비껴난 소외자임을 분명하게 증명하고 있으며 나아가 소외자로서의 지위를 부정하거나 거부하지도 않고 오히려 자처한다. 신이인의 '나'들은 그간 전통적인 시적 주체가 쉽게 발화하거나 인정하기 어려웠던 이러한 감성의 발생 과정을 하나의 동물적 실존으로 체현해 낸다. "검은 머리 짐승"인 '나'는 여러 다른 동물들로 이루어진 존재다. '내'가 느끼는 수치심과 모멸감, 상처 입은 마음, 그럼에도 불구하고 끝까지 '너'를 사랑하려는 집착어린 마

---

* 들뢰즈의 '되기'가 지향하는 것은 '기관 없는 몸'으로서 위계적으로 분화되어 목적과 기능에 부합하는 몸이 아니라(신이인의 동물 신체들이 그렇다는 것은 아니다.) 규범과 체계의 경제를 탈주하여 강도와 속도가 기록되는 표면으로서의 분자적 몸이다.

음은 형용사와 부사의 영역을 벗어나 먹고, 마시고, 뛰어다니고, 배설하는 동물의 살아 있는 자연, 억제할 수 없는 본능적 감각으로서 생동한다.

그리하여 『검은 머리 짐승 사전』은 인간을 동물의 한 종(種)으로서 감각할 때 열리는 미래에서 도착하는 시가 된다. 그에게 동물은 인간의 대척점에 있는 대립항이 아니라 다만 인간(1)이면서 동시에 동물(1)인 실존 '나'의 한 부분으로서의 동물이다. 그의 시를 읽기 위해 우리는 시를 대해 온 그간의 레디메이드 감성을 내려놓고 완전히 새로운 감수성을 장착해야 한다. 지구가 무너지고 인간의 세계가 붕괴되고 있는 이 시대의 우리에게는 해석자로서의 분석력이 아니라 다만 동물적인 감각을 발명해 내는 힘이 필요함을 신이인의 시 앞에서 각성한다.* 지구는 인간의 세계만으로 채워지지 않는다. 고양이의 세계와 운석의 세계, 그리고 요괴의 세계가 공존하며 운동하는 각자의 궤도가 시시각각 중첩되며 다중 세계를 구성해 낸다. 인간과 비인간의 다중 우주를 천연덕스럽게 깡총거리며 넘나드는 신이인의 시적 주체들은 엄숙한 서정의 전통을 넘어

---

* "좌충우돌하는 도시 환경에 폭격 당한 우리의 감수성 상태에서 예술작품만 무작정 양산된다고 생각해 봐라. 우리의 문화는 무절제와 과잉 생산에 기초한 문화다. 그 결과, 우리는 감각적 경험의 예리함을 서서히 잃어 가고 있는 것이다. (……) 지금 중요한 것은 감성을 회복하는 것이다. 우리는 더 잘 보고, 더 잘 듣고, 더 잘 느끼는 법을 배워야 한다." 수전 손택, 이민아 옮김, 『해석에 반대한다』(이후, 2002), 34쪽.

괴이한 이곳과 저곳, 동물들의 사이를 재기발랄하게 '**캠프**'(camp)한다.

요상한 동물들이 캠핑하는 이 세계에 우리가 아는 선과 악은 부재하며 윤리는 매혹과 지루*라는 두 가지 미적 규범으로 대체된다. 간단히 말하자면 이 세계에는 '나'를 매혹하는 '너'와 그렇지 못한 누군가가 있을 따름이고, '너'에게 매혹당하는 '나'가 있을 뿐이다. 그러니 '나'는 '너'의 구심력 안에서 속수무책이다. '네'가 던진 파편에 피 흘린다 해도 '나'는 아랑곳하지 않는다. 상처 앞에서 폭력을 떠올리지 않고 다만 '너'의 고유한 무늬와 식성을 읽어 내는 '나'는 무한히 깡총거린다. 그래서 이 세계 안에서는 소외와 트라우마가 있을지언정 비극은 전혀 발견되지 않는다. 자연, 캠핑하는 동물들의 세계에서 인간이 만든 윤리적 당위와 규범은 별 소용이 없다. 다만 그저 그러한(然) 대로 자연스러울 뿐이다. 이곳에서 시로 쓰이지 못할 마음은 없다. 비록 그것이 못나고 삐뚤빼뚤하고 치기어린 것, 미성숙한 것으로 여겨져 온 마음일지라 하더라도 말이다. 많은 시인이 시작(詩作)을 통해 차라리 공중으로 승화시키는 마음들을 신이인은 호기롭게 지상의 말뚝으로 단단히 붙들어 맨다. 윤리적·정치적으로 선별되지 않은 '인

---

* 오스카 와일드, "사람을 착한 사람과 나쁜 사람으로 나눈다는 것은 우스운 짓이다. 매력적인 사람과 지루한 사람이 있을 뿐이다." 수잔 손택, 위의 책에서 재인용, 422쪽.

간적'인 마음은 역설적으로 동물화의 세계 속에서 가장 오롯하게 그려진다. 우리의 모습이라고 차마 인정하기 어려웠던 그 모든 마음이 말이다.


## 2 요괴의 퀴어한 태연함

시가 주체를 동물화하는 방식은 직설도, 은유도, 의인화된 상징과 관념의 묵직한 개념들이 돌출하는 거창한 알레고리도 아니다. 그는 별도의 시적 장치를 발휘하지 않으면서 텍스트 위로 동물들을 그저 데려다 놓는다. 우선「작명소가 없는 마을의 밤에」를 보자.

오리너구리를 아십니까?
오리너구리, 한 번도 본 적 없는

고아에게 아무렇게나 이름을 짓듯

(……)

나를 위하여 내가 하는 일은
밖과 안을 기우는 것, 몸을 실낱으로 풀어, 헤어지려는 세계를 엮어,

붙들고 있는 것

그러면 사람들은 나를 안팎이라고 부르고
어떻게 이름이 안팎일 수 있냐며 웃었는데요

손아귀에 쥔 것 그대로
보이는 대로

요괴는 그런 식으로 탄생하는 겁니다
　　　　　　　　　　　　　　—「작명소가 없는 마을의 밤에」 부분


　시인은 우리에게 익숙한 이름들을 무표정으로 태연히
밀어 넘어뜨린다. 그 파괴는 너무나 자연스러워서 모종의
붕괴가 일어난 줄도 모른 채 독자는 계속해서 다음 행으
로 넘어간다. 등장하는 이름 네 개 — 오리너구리, 고아,
안팎, 그리고 요괴 — 는 "헤어지려는 세계를 엮어/ 붙[드
는]" 시인의 손에 들린 말의 바늘귀에 의해 동일한 실존적
층위로 연결된다. 사람들은 "어떻게 이름이 안팎일 수 있
냐며" 웃지만 "손아귀에 쥔 것 그대로" 보면 불가능할 일
도 아닌 것이다. (유발 하라리는 자연nature의 다른 이름이
가능possibility라고 말한 바 있다.*) 문제는 이 서로 다른 생

---

* 유발 하라리, 조현욱 옮김, 『사피엔스』(김영사, 2015).

물종들이 인간의 합의된 규범 속에서 엄연한 '이름'으로 받아들여지지 않는 데에 있다. 그래서 '나'인 오리너구리와 안팎은 소외된 요괴로 탄생할 수밖에 없다. 계속 보자.

　　부리가 있는데 날개가 없대

　　알을 낳지만 젖을 먹인대

　　반만 여자고 반은 남자래

　　(……)

　　오리가 아니고 너구리도 아니나

　　진짜도 될 수 없었던 봉제 인형들

　　안에도 밖에도 속하지 못한

　　실오라기

　　　　　　　　　　　　　　—「작명소가 없는 마을의 밤에」 부분

　'나'가 요괴인 생태학적 근거는 다음과 같다. 그에게 부리가 있다면 응당 날개가 있는 조류일 텐데 자세히 보면 조류는 아닌 듯하고, 알을 낳기 때문에 양서류나 파충류로 생각될 법한 생물인데도 포유류처럼 젖을 먹이고, 여자이거나 남자인 것이 아니라 여자이면서 동시에 남자라고 한다. 실현 불가능해 보이는 이 모순율이 상상이 아니라 실제로 성립 가능한 현실태로 체현된 '나'는 그 어떤 분류

와 규범과 당위에도 부합하지 않는 존재자로서 퀴어가 된다. 이미 이름을 가진 것들만이 이름 불릴 수 있는 세계에서 이들은 '요괴'로 물화한다. 시인이 당면한 문제 상황은 바로 이것이다. 사회문화적 범주를 모두 가로지르고 해체하는 **퀴어한 요괴**가 등장한 상황에서 '나'는 규범과 당위으로부터 해방되는 자유를 만끽할 수도 있겠지만 그는 존재의 불빛을 꺼 버리고 숨기를 택한다. ("강물 속에서도 밖에서도 쫓겨난 누군가/ 서울의 모든 불이 꺼질 때를 기다리는 중입니다") 그는 퀴어한 실존의 특별함에서 자부심(pride)를 느끼는 것이 아니라 범주 안에 속하지 못한 소외자로서의 쓸쓸함만을 진술한다. 그런데, 신이인 시의 특별한 점은 바로 시적 주체가 이 고적함을 유희하는 부분에 있다. 그는 소외의 상황 속에서 슬픔으로 직진하지 않고 오히려 그것을 꼭짓점으로 삼아 자신의 고유한 실존적 양태의 일부로 함께 돌출시키고 전시한다. 자신의 괴기스러움과 퀴어함, 배제된 단독자로서의 모습이 드러난 거울 앞에서 그는 낮게 탄성을 뱉는다. 그는 "오리가 아니고 너구리도 아니나/ 진짜도 될 수 없었던" 자신의 "실오라기/ 끊어 낼 수 없는/ 주렁주렁/ 전구 없는 필라멘트들"을 꺼내 놓고 다음과 같이 속삭인다.

불을 켜세요
외쳐 보는 겁니다

아, 이상해.

——「작명소가 없는 마을의 밤에」부분

시의 마지막 행 "아, 이상해."는 그를 보는 타인들의 목소리가 아니라 요괴-오리너구리와 필라멘트의 목소리다. 요괴는 감히 요청한다. 이렇게 이상한 나를 보라고, 얼른 이상하다고 외치라고 감탄하라고 말이다. 그러나 불을 켜고 이렇게 퀴어한 나를 보라고 소리치는 이 과격함의 표면 아래에서 우리는 분명한 슬픔을 발견한다. 세계로부터 배제된 시적 주체의 슬픔은 과잉된 자부심의 리비도가 발산하고 그 잉여물이 사라진 후에야 감췄던 제 모습을 드러낸다. 소외의 지상에서 한 층 내려가면 나르시시즘의 세계가, 그리고 한 층 더 내려가면 억압된 슬픔이 매장되어 있는 것이다. 그럼에도 불구하고 그가 슬픔을 곧이곧대로 드러내지 않는 이유는 타자들과 함께하고 싶은 열망 때문이다. 요괴가 웅크리고 있는 또 하나의 밤을 잠깐 들여다보자.

좋아하는 음악과
좋아하는 술과
좋다고밖에 설명할 수 없는 많은 기분이 내게 있었는데

그들이 날 밀치고
올라타서 이마를 밟은 다음 도망가거나

머리카락에 껌을 뱉은 후 가위로 잘라 주던 순간에

난 웃었네

나는 웃었어

계속 좋아하고 싶었거든
내가 좋아하고 있던 당신들을
여전히
무엇도 상관하지 않고

—「끝나지 않는 밤의 이불」 부분


　누군가들이 나를 밀치고 때리고 폭력적으로 대하는 순간에도 그는 웃는다. 부당한 일을 겪고도 그를 문제시하지 않는 것은 갈등을 무마하기 위한 나름의 방어일 테다. 상대가 가한 폭력을 마치 일어나지 않은 일로 만들어 버리면 관계가 무사할 수 있다는 자구책이다. 그러나 자기억압의 통제 속에서 곪는 것은 역시나 제 스스로이지 않겠는가. ("열심히 웃는 나의 몸에서는 악취가 났다// 기이하게 얼룩지는 외면과/ 축축한 내면") '나'는 관계 앞에서 이렇게 곪아 버린 악취마저도 자신의 존재감으로 부조시킨다. 「왓츠인마이백」에서 연인과 데이트하던 '나'는 둘 사이를 지나가던 바퀴벌레를 보고 화들짝 놀라지만 자신이 본 것이 벌레가 아니라 "떨어트린 반지"인냥 그것을 "얼른 앉아서 잡아서 가방에 넣었다"고 한다. "데이트를 망치고 싶지 않았"다는 마음과 연결되는 말은 그것이 바로 "나의 사랑 방식"이라는 선언이다. 제 몸에서 악취가 난다는 것을 알고 있으면서도 숨기지 않았듯, 이번에도 그는 자신의 사랑법이 "한순간 바퀴벌레 알 무더기를 떠맡을 가능성을 내포한다"는 것 또한 이미 알고 있음을, 서슴없이 말한다. 시적 주체에게 소외는 투명하게 비가시화되어 사라질 위기의 함몰이 아니라 그것을 무기로 삼아 '나'의 실감에 부피를 부여하는 역습의 결절점이다. 말하자면 신이인에게 소외는 *나의 힘*인 셈이다.

> 배고픈 사람일수록 입안에서 악취가 나는 건
> 어째서일까
> 빈 공간의 냄새는 어째서 어김없이 아무도 속이지 못하고
> 저는 없어요 없는 사람입니다 없어 보이지요
> 티를 내 버리고야 마는 걸까
>
> ―「왓츠인마이백」 부분

시적 주체들이 인간과 비인간을 넘나드는 인식론적 기습은 사뭇 당혹스러우면서도 태연하게 진행된다. 인간으로 가정되는 시적 주체와 그의 약혼자가 바퀴벌레로 변하는 대목은 그 어떤 설명이나 비유도 동반하지 않는다. 가령, 약혼자가 "아스팔트맨홀로 기어 들어갔지/ 다섯 개 손가락

을 구르며"라는 대목에서 독자는 당황하다가, 다음 연에서
"내게도 다섯 개 더하기 다섯 개의 손가락이 있고/ 난 가
급적 이것을 모두 사용하여 초코바를 깐다"라는 '나'의 고
백 앞에서 더욱 당황한다. 여러 개의 다리와 갈색의 이미지
에서 연상되는 바퀴벌레는 약혼자의 구르는 손가락으로, 그
리고 '나'가 포장지를 푸는 초코바의 이미지와 연동되어 인
간으로 상정되던 '나'는 급작스럽게 바퀴벌레가 된다. 아니,
'된다'기보다는 우리가 보고 있던 풍경이 다만 한 쌍의 바
퀴벌레들이 벌이는 사랑 싸움이었다는 사실을 뒤늦게 깨달
을 뿐인 듯하다. 동물을 인간의 지위로 비약하는 의인화가
아니라 오히려 인간을 동물과 같은 지위로 아무렇지 않게
내려 두는 역벡터의 자장 안에서 신이인의 시적 주체들은
동물의 감각으로 생의 다채로운 순간과 열렬히 조우한다.
("눈을 감고 귀를 막고 혀를 깨물었다/ 그러면 세상이 온통 나의
통각으로 영원해졌다"「끝나지 않는 밤의 이불」) 그의 동물들
은 인간을 동물화하는 방식으로써 인간과 동등한 주체다.


3 즐거운 '캠프'(camp)하기

불안하지 않은 척하려면 어떻게 해야 하는가
눈꺼풀을 감기 직전까지 여미고
웃으면 되지

그렇지만 감아 버리면 안 되고

봐야 한다

보고 있어야 안심되니까

—「귀빈」 부분

한편, '나'가 느끼는 불안과 그에 대한 방어 기제를 직접 드러내며 진술해 내는 도발적인 자기표현은 시적 주체가 그의 우울 안에서 수치심을 느끼고 있다는 반증이기도 하다. 그러나 신이인의 '나'들은 부끄러움을 전시하지 않는다. 함부로 슬퍼하지 않는다. 시적 주체가 갈등 상황을 부러 투명하게 만들고 자신의 솔직한 감정을 억압하는 행위는 어쩌면 실상 스스로에게 가하는 자기 처벌이기도 한데, 이를 통해 역으로 자신을 소외시키고 폭력적으로 대한 상대방을 비난하는 맹렬한 공격을 감행하는 것이다.* 자신을 상처 입힌 상대에 대한 숨은 진심은 도마뱀의 입을 통해 발설된다.

나는 내게서 빠져나온 더러운 증명을 내려다 본다. (……) 인간이니까 어쩔 수 없어. 인간들은 그렇게 말하면서 아무한 테나 씨를 뱉었지. (……) 목구멍에서 똥을 닮은 말들이 줄 줄 줄 앞장선다 어쩌다 덩어리 하나가 잡혀 뚝 끊어진들 이

* 강우성, 『불안은 우리를 삶으로 이끈다』(문학동네, 2019), 268~273쪽.

종이 위를 구른들 당신이 그걸 주워서 버리든 썰든 으깨든
삶든 튀겨 먹든 적어도 내 것은 아니라고 믿는다.

—「도마뱀」 부분


그런데 이 동물들이 발휘하는 자기 방어술은 자연으
로부터 도출된 것이 아니라 오히려 그에 반하는 인공성
으로 지어진다. 우울과 수치심을 극도로 내면화하지만 의
식과 세계의 표면으로는 결코 올려 보내지 않는 시적 주
체들의 작위는 **캠프**(camp)에서 비롯한다. 캠프는 자연
스러운 감성이 아니라 인위적이고 과장되어 있으며 연극
적인 그래서 아주 매혹적이고 일탈적인, 퀴어한 감수성이
다.* 캠프의 핵심은 그것의 양성성, 즉 이중성의 수행 그리
고 자신을 조롱하거나 비하할 때조차 강력하게 감지되는
자기애의 제스처에 있다.** 신이인의 캠프는 털이 아주 많
이 빠지는 고양이나 바퀴벌레가 가진 여러 개의 다리, 도
마뱀의 미끄러운 비늘 등 서로 다른 동물들의 신체적 질
감을 통해 하나의 스타일로 구축된다. 그는 관계의 갈등
안에서 맞닥뜨리게 되는 비참함이나 고립감을 사람들이
쉽게 애호하고 편안해할 수만은 없는 동물의 연극적인 물

* Camp|the Chicago School of Media Theory. https://lucian.uchicago.
  edu/blogs/mediatheory/keywords/camp.
** 수전 손택, 이민아 옮김, 「'캠프'에 관한 단상」, 『해석에 반대한다』(이후,
  2002).

성들로 승화한다. 요컨대 캠프에는 비극성이 절대 부재한다. 캠프-하는 주체는 자신이 향유하는 대상과 스스로를 동일시하므로 대상을 비웃지 않는다. 캠프는 오히려 다정한 마음으로 다가선다. 캠프는 상징계의 세계에서 추방된 비체(abject)*적 존재, 초대받지 못한 자들을 향해 다정함을 나누어 준다. 그러나 이 다정함, 대상을 '사랑'하는 마음인 '캠프'는 취향에 대한 합리적인 판단이 아니라 다만 유희일 뿐이므로 표면적으로는 악의나 냉소를 띤 것처럼 보일 수도 있다. 예컨대, 그는 "마음은 주로 개구리였다"(「펄쩍펄쩍」)는 동일시를 실행하면서도 "마음은 마음대로 나를 떠났고 나는 마음을 잘 욕하기 위해 다른 이름으로 불렀다/ 징그럽고 뻔뻔한 개구리 자식이라고" 말한다. 그러나 그가 진짜로 미워하는 것은 개구리가 아니라 "죽은 마음이 곁에서 짓무르고 있더라도/ 그걸 못 보고/ 밟기까지 하는 사람"이었고 그는 "아주 평범한/ 어떤/ 내가 머리와 몸을 버려 가며 닿으려 한" 사랑하는 사람이었음을 최후에는 고백한다. 마음의 모양을 개구리로 체현하고 그것의 "배를 갈라 죽이고 싶었다"고 축축하고 피 흐르는 미끄러운 개구리의

---

* 비체(abject)는 줄리아 크리스테바가 고안한 정신분석학적 개념어로 주체가 상징계로 진입하는 단계에서 마주하는 어떤 비천한 대상, 혹은 그 대상을 정상질서로 간주되는 상징계 바깥으로 축출하는 과정-작용(abjection)을 말한다. 비체는 주체의 정상궤도 바깥으로 추방된 것이므로 주체와 타자 혹은 타자성의 관계를 함께 고찰해 볼 수 있는 개념이며, 특히 정상과 비정상의 간극 혹은 경계에 대해 심문해 볼 수 있다.

피부를 통해 자기 파괴적 충동을 제시하지만 실상 그가 정말로 미워하는 것은 그런 마음을 먹게 한 '너', 텍스트 바깥에 안온하게 피신해 있는 '너'인 것이다. 그래서 개구리의 죽음은 비극적 서사가 아니라 고통의 다소 희극적인 전시이며 그것은 시적 주체의 시간을 잠식하지 않고 다만 반짝 타오르고 꺼지는 작열하는 불꽃이 된다. '나'의 마음과 몸을 동물화하며 캠핑하는 신이인의 동물들은 자신의 실존적 고통들 사이를 기꺼이 하염없이 뛰놀고 부자연스러운 언캐니(uncanny)의 골목을 파렴치하게 한껏 쏘다닌다.

「배교자의 시」는 캠프의 그러한 운동성을 생생하게 그려 낸 작품이다. 신이인의 '나'들이 캠핑하고 있는 시적 리듬의 양태, 그리고 캠프가 방어적으로 파쇄하는 억압과 규율의 정체를 탁월하게 응축해 낸다. 동식물도감을 들여다보던 어린 '나'가 페이지에 가득 찬 나방의 많은 눈들을 보고 놀라 울자 어른인 '나'가 달려와 종이를 스테이플로 집어 나방을 가둬 버린다. 매끈하고 예쁜 나비가 아니라 털이 북실하고 가루가 날리는 나방을 보며 그리 즐거워할 리는 없다. 그러나 "산속에는 갇히지 않고/ 갇힐 리 없는 나방이 무수"히 많은 불편한 현실을 '나'는 두 눈 부릅뜨고 지켜본다. 흡사 나방들의 두 날개처럼 '나'의 두 눈은 끈질기게 번득인다.

① 나방 나방

나방

나방이 붙어 있습니다


나방은 자유로운데

왜 날지 않을까 의아합니다

날아 달라는 말은 절대 아닙니다만

나방

나라면 그런 자유를

나방

앉고 싶은 곳에 아무렇게나 날개를 벌리고 앉는 일에

②쓰지는 나방

③앉아만 있지는

④악

한 아이가 비명을 질렀습니다

날았어 날았어 나방이

아닐걸

어른인 내가 픽 웃네요

— 「배교자의 시」 부분*


해당 부분은 '나방'이라는 기표의 소리 이미지를 시각적으로 이미지화하여 배치한 부분이다. 실제로 벽에 나방

---

* 이하의 밑줄과 번호는 필자의 표기.

들이 다다다닥 붙어 있는 것 같은 장면(①)을 지나고 '나'는 그것들이 왜 날지 않고 벽에 붙어 있는지 의아해한다. 만약 '내'가 날개가 있어 어디든 날아갈 수 있다면 그러니까, "나라면 그런 자유를 (……) 앉고 싶은 곳에 아무렇게나 날개를 벌리고 앉는 일에" ②"쓰지는 [않] 나방"이라고 생각한다. ②와 ③은 반드시 눈여겨보아야 할 아주 재미있는 대목인데 각각의 중간과 끝에는 부정부사 '않'이 생략되어 있다. 시인은 ②"쓰지는 [않] 나방"에서 생략된 '않'을 부러 연상하게 하고 투명해진 '않'을 독자의 마음속에 몰래 심어 둔 후 ③의 끝자락에 다시 배치하도록 설계해 둔다. 그래서 우리는 ③을 "앉아만 있지는 [않]"으로 읽게 되지만 그러한 숨은 사실을 발견하는 순간, 시는 곧장 우리의 연상을 다시 추락시키며 ④"악"하는 아이의 비명으로 전환시킨다. 요컨대 ②에서 생성된 '않'이 ③으로 전이된 후 ④에서 다시 급격히 소멸하는 단어의 탄력적인 운동으로 나아가면서 끝에 나방은 스테이플을 뚫고 날아오르게 되는 것이다. ("날았어 날았어 나방이")

문자의 딱딱한 기표('나방')에 활력을 불어넣어 그것이 스스로 생동하게 한 후 단어의 의도적 삭제('않')를 통해 재치 있는 운동감을 불어넣은 시적 기술은 분명 캠프의 미감이다. 신이인의 '캠프'에는 그간 한국적인 서정으로 여겨져 오지 않았던 새로운 창조적 감수성이 있다. 아이가 나방을 보고 느끼는 당혹감과 같이 아주 사소하고 별것 아닌 사건을 극대화하여 자유와 억압의 문제를 시로서 적시한다. 이를 두고 어찌 퀴어하지 않다고 말할 수 있을까. 인간의 동물화가 이미 도착한 그러나 때 이른 미래처럼 재현되는 『검은 머리 짐승 사전』의 세계에서 퀴어함은 존재론과 섹슈얼리티의 차원을 벗어나 감각과 인식론의 영역에서 '캠프'의 수행을 통해 스스로를 창조하며 태어나는 중이다.

그러나 앞에서 말했듯 자신의 자리가 규범의 바깥에 위치한다는 것을 정확하게 알고 있는 신이인의 시적 주체들은 정상성과 충돌하거나 대결하지 않는다. 나방이 날았다고 비명을 지르는 아이의 목격 앞에서 어른인 '나'는 재빨리 나방의 날개를 회수하며 봉합한다. ("아닐걸/ 어른인 내가 픽 웃네요") 그러나 나방의 품위와 앞 속에서 날아오르는 성경책을 볼 수 있는 '나'야말로 배교자임이 드러나며 억압자의 지위는 반전된다. 유년을 반추하며 그는 자신이 "한두 번은 주워졌던 것 같기도 한데/ 바늘에 꽂혀 어디 표본으로 박제되어 있을 텐데/ 그게 어디서였더라"고 읊조리고, 독자는 그의 과거사를 들으며 혹시 이 배교자 역시도 나방이 아닐까 하는 묵직한 의심과 만나게 된다. 아니나 다를까 그는 "사이좋게 한 짝씩 나눠 가진 눈"의, "추하기 짝이 없는 무늬를/ 접어 놓고/ 데칼코마니라며 좋아"하는 나방이다. 세상에, 바로 그가 나방인 것이다.

기도하는 손을 따라 날개를 모으고 고백합니다
⑤ 나방


이건 비밀인데 가끔 나는
납니다


본 사람들이 비명을 지릅니다

—「배교자의 시」 부분


화자는 의뭉스러운 생략(⑤"[나는] 나방")을 통해 나방의 비행을 거짓된 사실로 날조하려던 자가 바로 다름 아닌 나방 스스로였음을 다소 뻔뻔하게 고해한다. "아, 이상해"라고 외쳐 보라던 요괴(「작명소가 없는 마을의 밤에」)와 마찬가지로 나방 또한 스스로의 괴이한 양태를 의기양양하게 뽐내 마지않는다. 저를 본 사람들은 모두 응당 비명을 지를 것이라 믿어 의심치 않는 소수자의 퀴어한 자부심을 교묘하게 드러내면서 말이다. 이토록 발칙하고 도발적인 외계의 존재를 우리는 그간 한국 시에서 좀체 보기 어려웠지 않았던가. '나'의 실존이 정상성의 외부에 있음을 확인할 때 주체는 소외와 배제의 우울에서 자유롭지 않다. 다른 주체들이 그러한 상황에서 자신의 실존이 규범을 해체하는 실증적 사례가 됨을 확인하며 **괴상한 자부심(queer pride)**을 느끼는 반면, 신이인의 캠핑하는 동물들은 단지 그 바깥에 있음 자체, 비인간성 자체만으로도 독존의 자부심을 십분 감각한다. 그의 동물들은 규범의 해체에 아무런 관심이 없다. 퀴어한 그들이지만 그들은 차라리 규범이 필요로 한다. 그들이 위치해 있는 세계의 좌표는 기존의 규범과 정상성을 구성적 외부로 삼아 전치시켜 버리기 때문이다. 오직 자신만을 동료로 삼는 일대다(一對多)의 대결에서 그들은 스스로의 괴상함을 한껏 사랑하는 퀴어한 나르시시즘을 방패로 다수의 조롱을 가뿐히 넘어선다. 그런데 문제는 그들이 그 다수의 타자를 진심으로 사랑한다는 것이다. 이토록 도발적이고 대범한 동물들에게도 여전히, 사랑이 가장 큰 문제가 된다.

### 4 이종교배:(거북×딸기)

물론, 괴이하고 특별한 '나'를 둘러싼 타인들의 뾰족한 마음이 시적 주체에게도 받아들이기 쉬운 것은 아니다. 자신의 행동이 사람들을 계속해서 당황시키고 멀어지게 한다는 것을 알지만 '나'도 어쩔 수 없다는 입장이다. 미필적 고의조차 적용되지 않는 행동과 의식은 다만 그의 자연스러운 본성(nature)에서 연유한 것이므로. '내'가 이상한 이유는 다만 '나'를 바라보는 '너'들의 시각이 '나'의 자연을 조성하려 하면서 생겨난다. 세계의 갈등과 충돌은

이때 발생한 배제와 억압에 의해 발생한다. 하나의 공유지에서 살아가는 다양한 동물들은 서로 다른 식성과 습성, 기호를 가진다. 그렇다면 하나의 생태는 실상 여러 개의 다중 세계가 중첩하며 만들어 내는 역동하는 열린 가능 세계일 테다. 자연은 우리가 받아들일 수 있는 경계 내부에서 만들어지는 것이 아니라 오히려 그 바깥을 활주하는 규범 외부의 총체다. 선택과 해석으로부터 자유로이 놓여나 존재하는 '있음' 그 자체의 사태다. 우리가 싫어하고 좋아하는 마음의 투사와 무관하게 그것은 '자연'스럽게 태어나고 스러진다. '나'는 그러한 자연의 진실을 이미 알고 있다. 가령, 내 주변의 모두가 딸기를 좋아하고 먹고 즐길 수 있어도 내가 먹을 수 없다면 나의 자연에는 딸기가 없을 따름이다. 그렇기에 '나'에게 딸기는 '나'를 이해하지 못한 이들이 내게 강요하는 억지 순응의 대상, 비-자연물이다. 이 "검은 머리 짐승"에게 외압으로 다가오는 규범에 관한 최초의 기억은 딸기다.

91년
수박을 자르자 딸기가 쏟아져 나왔다
이 문장을 닮은 아기를 나의 언니라 부르도록 하자

(……)

동생은 딸기를 먹지 않았다
유치원에서 몰래 딸기를 버리다가 야단맞았다


초등학교 선생이 동생을 싫어했다
딸기를 다 먹을 때까지 집에 보내지 않았다


(……)


누가 누구를 괴롭혔을까


(……)


딸기밭에서 무언가를 수확하려는 사람을 당황시키고
고함치게 하고
바구니를 떨어뜨리고 도망가게 했다


(……)


파렴치한 육식동물은 딸기와 어울리지 않는다는 사실을
어른이 되서야 알았지만
그때까지 모두 내 잘못인 것처럼
딸기밭에 몰아넣었다가 내쫓았다가

야단이었다

(……)

내 태몽은 내가 정할 수 없는 거였다
그렇지만 나는 내 사실이 마음에 들었다
처음부터.

　　　　　　　　　　　　　　　　　　—「의류 수거함 이전의 길몽」 부분

　자매는 자연이 보여 주는 '자연'스러움의 가장 단적인 예시가 되는 개체쌍일지도 모른다. 존재의 시원을 공유하며 종적 계통 안에서도 가장 인접해 있지만 바로 그 근접성 때문에 존재의 특성이 갖는 차이가 극명하게 드러나는 두 생물 말이다. 언니와 동생은 서로가 갖지 못한 개성을 부러워하고 각자에게 투사된 자신의 모습을 다시 들여다보지만 둘은 결코 동화되지 않는다. 각자의 '자연'스러움이 무엇인지 동물들은 부모가 가르치지 않아도 그러한 규범적 언술의 힘과 독립적으로 자신의 몸을 통해 서서히 체득해 나간다. 그것이 "검은 머리 짐승"들의 살아나감이다. "파렴치한 육식동물"인 '나'는 어른이 되어 자신이 "딸기와 어울리지 않는다는 사실"을 알게 된다. 모두의 야단법석을 일으킨 것이 다름 아닌 저 자신의 '다름'이었다는 진술이 가능하게 될 때 그는 비로소 '어른'이 된다. 이곳에서 '어른'은 자신이

누군지 안다고 말하는 사람이다. ("하지만 나는/ 아는 사람이
거든/ 요령 없이도/ 격언과 교훈을 학습하지 않아도/ 감각하고/
울고/ 다루고/ 행동할 수 있다"「하루미의 영화로운 날」) 그의
어린 날은 '나'와 '너'의 그러한 차이를 아직 모르는 '내'가
다만 그저 '너'를 좋아한다고 무턱대고 외치는 무모한 시절
이다. '내'가 육식동물인지도 모른 채 식물인 '너'를 사랑한
다고 '너'를 닮고 싶다고 숨김없이 고백한다. ("어느덧 어린 내
가/ 열린 창밖으로 손을 뻗어 잎을 만지는 장면 (……) 나는 당
신을 많이 좋아했다"「하루미의 영화로운 날」) 어른이 된 어린
육식동물이 새로이 알게 된 것들의 목록은 다음과 같다.

> 모래로 예술작품 만드는 놀이
>
> 그걸 무너뜨리는 파도의 이유 없음을 받아들이기
>
> (……)
>
> 좋아와 싫어를 드러내는 한 생물의 고유한 표현
>
> (……)
>
> 약함에 의한 서러움
>
> (……)
>
> 홀로되어 본 과거는 불안을 수신함
>
> ——「외로운 조지-Summer Love」 부분

"최선을 다했다 그러니까"로 시작하는 이 시는 「의류 수
거함 이전의 길몽」의 마지막 연에서처럼 "그렇지만 나는

내 사실이 마음에 들었다"의 정서와 일맥상통한다. 파도가 모래를 무너뜨리는 데에 특별한 악의가 있지 않고 그것은 다만 파도의 고유한 행위임을, 그럼에도 자연에는 강자와 약자가 분명 존재하고 홀로 남겨진 약한 자는 서럽고 불안할 수밖에 없음 또한 하나의 자연적 사실임을 시인은 갈라파고스 섬에 사는 최후의 거북("조지")를 통해 나직이 말해 준다. 자신의 불행을 부러 덮지 않고 활짝 열어 보여 주면서도 언제나 마지막에는 "그래도 괜찮았어"라고 말하는 목소리는 합리화나 자기 위로가 아니라 '너'를 사랑했을 뿐인 단순한 사실에 대한 스스로의 떳떳함이다. 이를테면, *당신이 나를 얼마나 싫어하고 이상한 생물로 여겼든 상관없다, 왜냐하면 내가 저지른 일은 너를 좋아하는 일 그것 하나뿐이었으므로. 그게 뭐 어떻단 말인가?*와 같은 마음 말이다. 딸기를 사랑하는 거북(거북은 잡식성이므로 둘이 어깨를 나란히 하는 풍경은 충분히 가능하겠지만 먹잇감이 아닌 교감과 사랑의 대상으로서 두 주체의 병치는 이종교배의 욕망을 담은 퀴어함을 연출한다.) 그리고 "멍멍" 하고 짖는 고양이 혹은 "사람 말을 할 줄 아는 강아지"(「도둑 고양이」)를 사랑하는 '나'는 우리에게 낯선 외계의 존재일지언정 사랑의 주체라는 점에서는 평범할 따름이라고, '나'의 이상한 외피에서 시선을 멈추지 말고 그 아래의 마음을 봐 달라고, 그는 시의 바닥에 납작 붙어 사랑의 말들을 쓴다.

헌데, 무엇이 '괜찮다'고 부러 말하는 것은 실상 모든 것이 괜찮지 않은 상황에서 나올 수 있는 발화가 아니던가.
(정말로 괜찮아 보이는 이에게 우리는 괜찮으냐고 묻지 않는다.)
그래도 '나'는 자신을 미워하는 이를 좋아하는 마음을 결
코 폐기하지 않는다. 숨기지도 않는다. 그는 삐죽빼죽하면
서 조금은 못생기기도 한 그 마음을, 분위기를 띄우려고 야
심차게 던졌으나 거부당한 농담과도 같은 그 마음을 조용
히 한구석에 모아놓는다.(「실패한 농담 보호소」) 누군가들에
게 사랑받기를 원했으나 그들의 정서적 리듬에 합치되지 못
하고 거부되어 튕겨 나간 농담들이 마치 산에 버려진 유기
동물과 같은 존재의 모습으로 모여 있는 곳에 말이다. 시인
은 그런 울퉁불퉁한 마음들 사이를 조용히 등산해 본다.

　　산 이름이 침묵이라니 누가 이런 생각을 했을까
　　나는 들썩여지며 감탄한다
　　나를 들썩거리게 하는 이 울퉁불퉁한 바닥의 이름에 대
하여
　　흥분하고
　　무언가 순탄하지 않구나, 하는 감각이
　　반증하는
　　생명 냄새

　　느낄 수 있다
　　살아 있는 것이다 그것이 살아서, 지옥에서 탈락되지 않

고 네 발을 딛고 꼬리를 빳빳이 세우고 있는 모습을

......

그릴 수 있다
내가 꿈틀거리며 튀어오르려고 하자 급하게 손에 쥐여지
던 종이와 펜
이용하여, 이 목격을 놓치지 않고 나는 스윽 스윽 스으윽
스으으으

검고 구불거리고 듬성듬성한 수풀과 그 뒤에 가려진 문
을 묘사했다. 육중한, 은색으로 빛나는 철문. 그 자리에서 움
직여지기를 기다릴 테지만 기다림이 기다림만으로도 끝나는
문. 누구의 힘을 빌릴 수 없고 누구에게 빌려주지도 못하는
힘으로 스스로를 다무는 중.

─「실패한 농담 보호소」부분

'너'에게 가닿지 못한 마음들은 그러나 이 보호소-지옥
에서는 탈락하지 않고 동물의 부드러운 털을 구불거리며
살아 있다. 시인이 시집 전체에 걸쳐 써 내려간 것들은 결
국 그런 마음이다. 그는 낙심하기에서 그치지 않고 종이와
펜을 들고 쓴다. 그에게 시 쓰기는 "스스로를 다무는" 일이
면서 동시에 닫힌 문이 열릴 것에 대한 기대를 끝내 멈추

지 않으려는 마음의 행위다.("열 손톱이 전부 빠져나가기를 바라며/ 요란보다 요란해지며") 그에게 가장 무서운 것은 문이 열리지 않음 그 자체이라기보다 말해야 할 것 또는 말하고 싶은 것이 부재하게 되는 사태이기 때문이다.("그럼에도 제일로 무서운 것은/ 하고픈 얘기가 사라지는 것") 그의 시에서 동물화하는 것은 등장인물뿐만 아니라 말(言)까지도 포함이다. 그 말들은 운명 같은 보호소에 가둬 놓고 일부러 굶기거나 보듬어 주지 않아도 기어이 살아남고 오히려 시인을 향해 달려드는 말들, 캠핑하는 시의 목소리다.


5 지옥의 낙원: 나는 나의 괴상함을 사랑하기 때문에


해야 할 말이 있었다


해야 할 말을 가둬 놓고 밥 주지 않고 안아 주지 않았다
그것은 죽지 않고 눈을 동그랗게 뜨고 가능한 모든 육고기를 사냥했다
예컨대 이 철문을 무시하여 건너가고자 하는
나의 영적 의지 같은 것을 동원해 가며
살기를 원했다
살아남기 원했다

───「실패한 농담 보호소」 부분

타인으로부터 거부된 '나'의 마음은 육체를 사냥하는 포식자의 공격성으로 동물화되지만 그러나 그것 또한 '나'의 일부다. 그래서 언뜻 보기에 타인으로부터 거부된 마음은 '나'를 '나'의 세계 안으로 단단히 폐제되는 듯하지만 '나'는 그 억누름까지도 어깨에 짊어지고 철문을 넘어 외출을 감행하려 하기에, 사납게 철문을 긁어 대기에 '나'는 언제나 타자들과 인접한다. 비록 어린 자신이 바라던 이상적인 어른의 모습이 되지는 못할지라도 그래도 그는 자신의 괴이함을 기쁘게 받아들이며 끊임없이 '너'들을 바라보고 짖고 사랑한다고 말할 수 있는 것이다.("그 정도까지 근사해지지는 못한 어른이/ 산길을 올라가고 있었다")

포효하는 수많은 '나'의 동물들로 꽉 찬 이 지옥의 보호소는 그래서 한편으로 영원한 사랑의 수행이 지속되는 낙원이기도 하다.("나무도 우리고 돌멩이도 화산도 우리/ 먹을 수 있는 열매는 이 잡듯이 따낸 우리고/ 야생동물은 정수리에 손도끼가 꽂히게 될 우리/ (……)/ 우리를 딛고 서 있었다/ 주제에 낙원이었고"「신혼여행」) 불행을 통해 지속되는(行) '행'(幸)의 낙원 말이다. '고양이'는 저를 피투성이로 만드는 모진 마음의 파편들 위에서 '나'를 거만하게 내려다본다. 네가 날 사랑한다면 어디 내 앞에서 피투성이가 되어 봐, 라고.("자 걸어 봐 내 머리 위를 빙글빙글 돌면서/ 걸어 봐/ 네가 선택한 아픔을"「도둑 고양이」) 가학과 피학의 각본을 천연덕스럽게 내미는 그 지독함을 알면서도 고양이가 들이

미는 "무수한 칼날"을 받아들고서 차라리 "알 수 없는 동물이 되어" 자신을 잃어버리며 "그러나 당신에 대해 생각하는 것을 멈출 수 없다 나 이 여름이 지나기 전에 당신을 이해한다"라고 기어이 써 내려가는 '나'의 사랑은 동물들의 캠프적 사랑이다.

「도둑 고양이」를 잠깐 보자. 욕실에서 발가벗고 나와 고양이와 마주하며 부끄러움을 느꼈다고 고백한 데리다와 달리 '나'는 고양이 앞에서 이것이 정말로 고양이인지 확신할 수조차 없다. 고양이가 스스로 저를 두고 나는 고양이가 아니라고 의기양양하게 얼굴을 들이밀기 때문이다. ("자, 이래도 내가 고양이입니까? 나는 부리를 꺼내 당신 정수리를 찍습니다.") 합의된 사회적 정의와 개체에 대한 명명—안정된 정체성을 고양이는 저 스스로 파기시킨다. 고양이는 멍멍 하고 운다.("캄캄한 꿈속에 대고 고양아 고양아 부르면 오지 않았지만 고양이라 부르기를 멈췄을 때 다가와서 멍멍 소리를 냈다// 멍멍") 그러나 고양이를 마주하는 '나'는 당황하지 않는다. 고양이가 야옹, 하고 운다고 간주하는 일은 다만 인간의 인지가 야생의 소리를 주형하여 만든 기호의 작용일 따름 아닌가. 기표와 기의의 흔적으로 점철된 공간이 인간 삶이라 하더라도 인간의 언어 활동 속으로 모든 기호들이 깔끔하게 수거되는 것은 아니다. 근대의 코기토적 주체는 기호들이 인식의 봉제선 안으로 완벽하게 수거될 수 있다는 믿음 속에서 태어나고 살아간다.* 그가상적 세계로부터 한 발짝 빠져나온 신이인의 동물화한 시적 주체는 그러므로 고양이가 멍멍하고 우는 장면 앞에 서게 되는 것이다.

> 고양이는 입버릇처럼 말했다 넌 날 몰라 네가 뭘 안다고 너는 아무것도 몰라 가끔 고양이는 두 발로 걸었고 세 발로도 걸었고 걷지 않고 움직이기도 했다 정말로 고양이가 아닐지도 몰랐다 그러나 피투성이 이마로 눈을 뜨면 난 되뇌어야만 했네 고양이다 고양이야 내가 쫓아간 고양이 그러니까 어젯밤 그건 일종의 애정 표현…… 입맞춤…… 내가 모르는 세상에는 부리와 날개와 단지 독특한 사랑법을 가졌을 뿐인 고양이가 있는 것이다
>
> ──「도둑 고양이」 부분

고양이가 내던진 폭력적 언행의 모서리에 찔려 피 흘리면서도 '나'는 굴하지 않는다. 그가 사랑하는 것이 멍멍하고 울고 그래서 '고양이'가 아니지 않으냐고 비웃어도(나는 과연 네가 사랑하는 그 존재가 맞을까? 맞다고 생각하니?) 그는 눈을 부릅뜨고 되뇌인다. 저것은 '고양이'가 맞다고, 단지 '내'가 사랑하는 그 실존이 다만 내가 예상하지 못한 "독특한 사랑법을 가졌을 뿐"이라고 말이다. 그러니까 '나'

* 임은제, 『데리다의 동물 타자』(그린비, 2022), 100~101쪽.

는 그가 알고 있던 고양이의 고양이다움을 사랑하는 것이 아니라 '고양이'라는 이름으로 불리었던 이 불가해한 타자의 폭력성, 새로이 발견되는 타자성을 온몸으로 겪어 내며 사랑을 수행하는 것이다. '나' 또한 고양이 앞에서 동물화된 타자이기에 데리다가 감각했던 수치심, 인간 주체의 윤리적인 감정의 자리를 '나'는 갖지 못한다. 날뛰는 고양이의 사랑으로부터 도망가지 않고 오히려 그 날카로운 칼날의 끝자락까지 손으로 쓰다듬으며 피 흘리더라도 결코 대상을 놓치지 않겠다는 마음, 폭력까지도 그러쥐는 미학화의 감각, '정상'적인 것으로 여겨져 온 범주들을 초과하고 또 초과하는 과잉의 에너지는 분명, 세상의 일반적 기준에 의해서 승인되지 못한 것들을 승인하는 캠프의 것이다.

다시 말하지만, 신이인의 시적 감수성은 그간의 한국 시단이 주요하게 축적해 온 부드러움의 서정을 훌쩍 초과한다. 진지하고 엄숙한 정전(canon)의 전당을 재빠르게 가로지르며 말해서는 안 되는 것으로 치부해 온 뾰족하고 치기어린 마음들을 거침없이 툭, 툭 꺼내어 놓는다. 가령, 내가 사랑해 마지 않는 '너'를 한편으로 질투하기도 하고 미워하기도 하는 그런 '나'를 아는 '네'가 내게 온당한 사랑을 주지 않을 때, 그 삐죽한 마음을 녹여 시의 여백으로 승화시키는 것이 아니라 오히려 시적 주체의 특별한 매력적 언어들로 만들어진 돋을새김으로 부조한다.("가진 것을 자랑하고 싶은 마음이 뭐가 나빠요?"「검은 머리 짐승 사전」) 저 스스로를 조롱하기를 서슴지 않으며("여기에는 입에 담을 수 없는 욕과 나에 대한 거짓말 그리고 유려하게 쓰인 아름다운 이야기가 있다." 「머리말」) 진지하고 경건함으로 수렴하려는 마음의 중력을 활달하게 쳐내어 화려하게 공중으로 쏘아 올린다. 그간의 시들이 시의 감성으로부터 스타일을 추출하는 방식으로 시 세계를 구축해 왔다면 신이인의 시들은 이와 정반대로 시의 스타일에서 고유한 감성을 창출해 내는 방향으로 작성된다.("끔찍함의 모서리를 궁글려 깜찍하게 만드는 것은 어렵지 않아요." 「검은 머리 짐승 사전」) 누구의 눈치도 보지 않겠다는, 꺾이지 않는 그러나 유연한 의지로 단호하게 무장한 날카로운 단어들의 끝에서 먼저 감각되는 것은 세계에 대한 냉소나 악의라 생각할 수도 있겠지만, 그 저변에는 보이지 않는 사랑이 자욱하게 깔려 있다. 캠핑하는 동물들은 '너'를 미워하고 그로 인해 아파할지언정 결코 '너' 없는 세계를 상상하지 않는다. '너'와 몹시 다르게 생긴 '나'의 괴상함을 받아들이면서 '어른'이 된 신이인의 동물들은 자신만의 이상한 뿔을 사랑하고 그 멋진 것을 자랑한다. *나의 괴상함을 나는 몹시 사랑한다.* 또한 '너'를 사랑하기를 마다하지 않는다. 신이인의 세계에서 우리는 타자들의 이질적인 실존이 주체를 불편하게 하는 이물감에 그치지 않고 괴상한 매력으로 전환되며 끈질긴 사랑으로 올라서는 순간들, 동물 앞에서 동물이 되는 상호타자로의 무수한 전환이 이루어지는 퀴어한 특이점을 목도한다.

지은이  신이인

1994년 서울에서 태어났다.
2021년 《한국일보》 신춘문예에 당선되며 작품활동을 시작했다.

## 검은 머리 짐승 사전

1판 1쇄 펴냄  2023년 2월 3일
1판 4쇄 펴냄  2023년 12월 18일

지은이  신이인
발행인  박근섭, 박상준
펴낸곳  (주)민음사

출판등록 1966. 5.19. (제16-490호)
서울특별시 강남구 도산대로1길 62(신사동)
강남출판문화센터 5층 (06027)
대표전화 02-515-2000 / 팩시밀리 02-515-2007
www.minumsa.com

ISBN 978-89-374-0929-5
    978-89-374-0802-1 (세트)

＊이 책은 서울특별시, 서울문화재단 '2022년 첫 책 발간 지원사
  업'의 지원을 받아 발간되었습니다.

민음의 시
목록